Dois andares: Acima!

PEDRO GONZAGA

Dois andares: Acima!

São Paulo
2007

Copyright © by Pedro Gonzaga

Direção Geral: Nilda Campos Vasconcelos
Supervisão Editorial: Silvia Segóvia
Editoração Eletrônica: Fama Editora
Capa: Reinaldo Feurhuber
Revisão: Ruy Cintra Paiva
Fernanda Rizzo Sanchez

Dados Internacionais de Catalogação na Publicação (CIP)
(Câmara Brasileira do Livro, SP, Brasil)

Gonzaga, Pedro
Dois andares : acima! / Pedro Gonzaga. — Osasco, SP : Novo Século Editora, 2007.

1. Contos brasileiros I. Título.

07-8331   CDD-869.93

Índices para catálogo sistemático:
1. Contos : Literatura brasileira 869.93

2007
Proibida a reprodução total ou parcial.
Os infratores serão processados na forma da lei.
Direitos exclusivos para a língua portuguesa cedidos à
Novo Século Editora Ltda.
Rua Aurora Soares Barbosa, 405 – 2º andar
Osasco – SP – CEP 06023-010
Tel. (11) 3699-7107

Formerly I believed in Literature as a force capable of intervene in the matters of the world in an effective manner. However, as time went by, I realized that every human action was unable to modify the reality's concept before that same reality had already been observed, thus been no more than mere illusion the very idea of an existence unbounded of previously taken concepts. Therefore, overwhelmed by this tyranny, I reviewed my place in the world and, consequently, my idea of Literature. All is concept, concept solely.

Antes eu acreditava na literatura como força capaz de intervir efetivamente nas coisas do mundo. Com o tempo, porém, percebi que nenhuma ação humana podia modificar o conceito de realidade antes que essa mesma realidade tivesse sido observada, não sendo assim mais do que mera ilusão a idéia de uma existência desvinculada de conceitos preestabelecidos. Dessa forma, subjugado por essa tirania, revi meu lugar no mundo e, conseqüentemente, minha idéia de literatura. Tudo é conceito, somente conceito.

John D. Cliver — Todas as noites

Índice

Primeiro andar

Nossa Ana 11
O segredo do chá 19
O escritor e suas oficinas 23
1998 29
A cinética das sobrancelhas 53
A crise 59
Fernando Lobo 67
Quatro encontros 71
Conan e a Organização 75
A lição do vôo do morcego 87

Segundo andar

Dois andares: Acima! 97
Cidade fantasma 99
A moça 113
A caminho de Damasco 115
No topo do mundo 117
A função da crítica literária nos países
subdesenvolvidos 119
A herança 123
Anita não usa silicone 125

Primeiro andar

Nossa Ana

Todos esperávamos por Ana.
Era sempre assim, para que discutir?
Ninguém arredaria pé enquanto não tivesse recebido a luz das coxas brancas, o quinhão de alimento semanal para nossas longas horas no banheiro, na labuta da palma da mão na carne. Ana, a campeã mundial de nossos gozos em vão.
Enquanto os outros otários do colégio só podiam contar com as bagaceiras de banca de revista, nós tínhamos Ana.
Nossa Ana.
Não nos enganávamos pensando em como as meninas eram misteriosas e maduras e cheirosas e delicadas e macias e cruéis. Nada disso. Ana, e somente Ana, preenchia a lacuna de nossas esperanças e de nossos desejos: para Carlos, Nelson e Rodrigo, para mim, ela era como uma dessas divindades pagãs, transcendental o suficiente para que fosse toda a nossa religião, tão intimamente uma de nós que nos permitia tocá-la de muitos jeitos, até apertá-la um pouco.
Parávamos junto ao seu portão. Rodrigo gritava seu nome, e então esperávamos; era sempre assim. Ela costumava aparecer com um maiô preto, os cabelos domados numa trança grossa e um *short* claro, para que pudesse circular sem problema pelas ruas de nossa pequena cidade. Naquele dia ela

apareceu com a parte de cima de um biquíni — desses de cortininha — e com uma espécie de saia rodada de algodão. Da porta de casa, ela nos acenou. Sabíamos que buscaria os óculos escuros. Enquanto sumia novamente, disputávamos no discordar para ver quem pegaria na sua mão no caminho até o riacho. Eu geralmente tinha sorte, embora o importante fosse ganhar naquele momento, porque todos nós, apesar da miopia de Carlos, percebíamos como os seios de Ana haviam crescido — ou da noite para o dia, ou por causa dessa novidade do biquíni.

Ana tinha a minha altura, já dera a esticada dos catorze anos, e era apenas um pouco mais baixa que Carlos. Os outros dois tinham de ficar na ponta dos pés quando fazíamos nossos jogos de beijos, quer dizer, o jogo de "verdade ou mentira", aquele com prendas para a mentira. Por sermos os juízes, a pobre da Ana sempre perdia. Fosse possível alguém mentir tanto, ela estaria no Guiness. Era uma rodada de beijo para cada um. Mas sem língua, porque as amigas só podem beijar assim, ela nos dizia. Muitas vezes tentei me insinuar por entre seus lábios, sempre sem sucesso. Acho que os outros também tentavam. O que aconteceu de diferente naquela tarde, uma tarde igual a tantas outras que passamos naquele verão, eu não saberia dizer.

Tudo começou a mudar quando, junto ao rio, pedimos (tomados de euforia coletiva) para que Ana nos mostrasse os seios e ela concordou. Depois, quando o Nelson lhe roubou a parte de cima do biquíni, que ela segurava numa das mãos, pareceu não se importar. Logo foi a vez de Carlos mergulhar e emergir detrás do ponto em que ela estava, baixando de um só golpe, com as duas mãos, a tanga que a cobria. Víamos tudo, até os pêlos brilhantes entre suas coxas, e ela não esboçava nenhuma reação. Poderia ter puxado a peça de volta para o lugar. Mas não se recompôs. Ergueu uma perna e depois a outra, lançando a tanga para longe. Saiu da água e nos deixou para trás. Fiquei excitado ao ver a carne de sua bunda se mover firme, refletindo toda a luz da tarde naquela brancura, nas curvas que lembravam cúpulas de catedrais. Meus amigos também ficaram eletrizados. Ela olhou em nossa direção. Passou a caminhar sobre a areia da margem como uma onça, ora parecendo acuada, ora pronta para dar o bote. Seus olhos tinham a mirada fixa dos felinos. E nós ainda lá no rio, a água pelos joelhos. Quem de nós resolveu correr primeiro atrás dela? Como a derrubamos na grama? Quem segurou seu corpo? Quem lhe afastou as pernas? Qual de nós a tomou primeiro? Quem lhe rompeu a carne fina que a fez sangrar?

Ela reuniu, calada, as duas peças do biquíni, que misteriosamente vieram flutuar próximas à margem. As lágrimas lhe desciam sem choro, escorriam e escorriam finas, como se chuviscasse num silencioso e profundo dia de inverno. Fiquei pensando por que suas lágrimas não eram grossas e comuns como as das outras pessoas que eu já vira chorar. Olhou-nos um a um, esperando, decerto, que houvesse pelo menos um entre nós com coragem suficiente para lhe dar uma única razão que fosse para aquilo tudo. Baixamos o olhar. Tive a impressão de ouvi-la resmungar entre os dentes: covardes. Deu-nos novamente as costas, e por um instante, no movimento lento de seu corpo, tudo pareceu como antes, como quando ela era apenas nossa Ana. Ao erguer a perna para vestir a parte de baixo do biquíni, o produto de nosso abuso desceu numa só e gosmenta golfada, mal tocando a parte interna de suas coxas e se de alguma coisa me lembro com precisão inconfundível é do som das folhas da relva ao receberem o impacto e a explosão dessa espécie magmática e fluida de Fat Man.

No silêncio que sobreveio, o bosque de nossas brincadeiras passou a ser uma segunda Nagasaki.

— Ô, Pedro, é você quem tem de falar com ela. Você sabe dizer coisas legais, está sempre lendo um livro. É nossa última esperança. Já pensou se ela resolve ir à polícia? — disse Nelson.

— Ela não deve ir — disse Rodrigo. — Já faz uma semana e... Você acha que ela vai, Pedro?

— Acho que não — eu disse.

— O que a gente fez não tem desculpa, não tem — disse Carlos, com os olhos úmidos.

— Por isso mesmo — continuou Nelson —, por isso mesmo é que o Pedro vai lá. Ela sempre gostou mais dele do que de nós, não é? Rodrigo? Carlos? Não é? Sei que ela não vai mais querer ser nossa amiga. Mas, pelo menos...

— Deixem-na em paz! — gritou Carlos. — Ninguém tem de ir! Melhor é deixar tudo como está.

— Não! E se ela já falou para a mãe? — insistiu Rodrigo, bastante nervoso. — Estamos fodidos. Vão nos colocar na FEBEM, vão foder com a gente lá. Alguém tem de ir lá na casa dela. Agora!

— O Pedro vai — disse Nelson.

— Sim — concordou Rodrigo.

Os três olharam para mim. Eu só queria sair dali. Preferia enfrentá-la a ter de ficar entre eles.

— Eu vou — eu disse.

Eles me abraçaram. Como se com esse gesto pudessem esquecer ou se livrar do que tinham feito, untando-me com seus suores. Eu sabia de antemão que Nelson estava certo: Ana não queria mais nossa amizade. Ao me livrar das mãos e do contato de seus corpos, percebi que já não restaria também espaço para tal palavra entre nós.

Caminhei sozinho até lá. Cheguei ao portão e entrei no jardim. Bati de leve na porta. A mãe de Ana atendeu. Era meio atarracada e lembrava uma hiena. Não propriamente pelo modo de rir, mas pelo jeito como seu pescoço desenhava uma diagonal para a frente, terminando numa cabeça pequena demais para o corpo. Ela arfava, parece que sofria de alguma doença no coração.

— Ih, a Ana tá doente. Nem levantou hoje.
— Posso ver como ela está?
— Claro. Que bom que você veio. Entre. Ela está no quarto, sabe o caminho, né?

Ela não tinha contado nada para a mãe. Nossa monstruosidade me doeu ainda mais. Fui me arrastando pelo corredor. Eu não iria pedir desculpas. Nem em meu nome, nem em nome daqueles miseráveis. Nunca foi essa a minha intenção. Eu vinha era me declarar, isso sim! Estava rompido aquele nosso trato de que ninguém podia vê-la em separado. O estupro rompera qualquer acordo; até o tribunal mais vagabundo aceitaria o distrato. Eu a pediria em namoro assim que entrasse.

A porta estava semi-aberta. Entrei sem pedir licença e não me preocupei com a luz apagada. O quarto tinha um cheiro forte e gostoso, o cheiro dela, sim, o cheiro dela como eu até então jamais havia sentido. Mais perto da cama, porém, o cheiro foi mudando. Agora, adquiria notas sangüíneas, de ferida aberta. Toquei o lençol molhado, já nervoso procurei o interruptor.

Ao acender a luz, vi o sangue. Puxei o lençol e ela estava nua, os pulsos cortados. Junto à cabeceira, avistei o frasco vazio com o nome da mãe no rótulo.

— Ana, Ana!

Já não me ouvia. Talvez ainda respirasse.

— Ana, Ana, por favor...

Era tarde demais.

Ana, minha Ana. Não do Carlos, não do Rodrigo, não do Nelson. Minha. Só minha!

Segurei seu rosto, acariciei-lhe os cabelos como naquele dia terrível, afastei gentilmente seus lábios. Cheguei minha boca na sua e enfiei minha língua para além de seus dentes. Tinha gosto de grama, de capim, de erva fresca, de qualquer folha verde. Minha.

Foi só então que me lembrei da mãe-hiena e de que precisava berrar como nunca.

O segredo do chá

...but I was never told about the sorrow.

Bee Gees

Conheci Júlia quando ela se mudou para o apartamento ao lado, uma semana depois do fim da minha última relação. Nossas portas ficavam uma de frente para a outra e, no dia seguinte, ao se apresentar, pude ver, para além da soleira, a bagunça das caixas em sua sala. Atrás de mim, a visão não era muito diferente: eu havia encaixotado todas as coisas que Márcia fora deixando nas gavetas e no armário durante dois anos.

Júlia se movia com delicadeza, falava com uma dicção muito clara, e logo descobri que também tinha terminado recentemente um longo namoro. Soube disso e de outras coisas depois que a convidei para entrar, oferecendo-lhe minha especialidade: chá *earl grey* com um pouco de uísque.

Ela segurou a xícara com classe. Sentou-se ao lado do abajur, observando os reflexos da luz no líquido escuro. Estudava economia na UFRGS e desde que chegara a Porto Alegre — sua família era do interior — vivera com o namorado. Após a briga, resolveu alugar um apartamento próximo à faculdade.

Na noite seguinte, bateu novamente à minha porta, um pouco envergonhada quando abri, perguntando se eu tinha mais daquele chá. Enquanto esperávamos pela água, reparei pela primeira vez em seus olhos pequenos, quase fechados, como se ela sorrisse o tempo todo, e nos óculos de lentes muito finas e sem armação que ela usava. Havia alguma coisa nos rasgos de sua figura que seduzia a visão, talvez sua pele clara e uniforme, talvez aqueles olhinhos apertados de quem se esforça para ler algo muito distante.

Passados dois dias, ela voltou a aparecer, trazendo um Chivas quase cheio. Meu pai é psiquiatra, ela me disse, ganha uma porção dessas garrafas no fim do ano. Aí pensei no nosso chá. Antes de sua chegada, eu me exercitava com uns pequenos halteres para fortalecer e engrossar os braços. Sempre me incomodou demais essa minha magreza. Enquanto olhava para Júlia ali parada, sentia o suor escorrer por meu corpo. Você se importa se eu tomar um banho?, perguntei. Imagina, ela respondeu, posso voltar mais tarde, se você quiser. Não, por favor. Vou colocar a água para esquentar enquanto tomo uma ducha.

Ela entrou comigo na cozinha e deixou a bebida sobre a mesa. Quando fui para o banheiro, ela me seguiu. Posso ficar aqui com você?, perguntou. Eu preferia que ela não me visse sem roupa, mas pensei que poderia ser grosseiro recusar. Não é a primeira vez que vejo uma coisa dessas, ela me disse sorrindo. Fechou a tampa do vaso e se sentou ali, procurando me deixar à vontade com uma conversa miúda e alegre. Descalçou os tênis e tirou as meias. Seus pés eram muito brancos. Talvez tivesse feito isso para me encorajar. Tirei minhas roupas junto ao espelho, o mais longe possível de onde ela estava; sempre tive pudores de minha sujeira. Estranhei a tranqüilidade com que ela olhava para meu corpo, sem receio, como se nos conhecêssemos há milênios, balançando os pequenos dedos nus, os mindinhos gorduchos e destoantes que lembravam os braços do Popeye. Entrei no boxe. A transparência do vidro possibilitava que nos enxergássemos com perfeição. Eu tinha me acostumado à situação inversa: era eu quem sempre olhava Márcia tomar banho. À medida que o vapor da água embaçava o vidro, Júlia parecia cada vez mais uma espécie de aparição, de delírio prestes a se desfazer, até que, por fim, os próprios contornos de seus pés espectrais foram obliterados.

Três noites depois, minha campainha soou insistentemente. Eram duas da manhã. Olhei pelo olho mágico, alguma coisa tinha acontecido: Júlia chorava como se tivesse levado uma surra. Fiz com que ela entrasse e, para acalmá-la, preparei o chá com uma dose reforçada de uísque. Sentei-me ao seu lado no sofá, ela se encostou em mim. Seu rosto estava gelado pelas lágrimas. Ele me ligou, ela disse. Você não tem idéia, ele me chamou de coisas horríveis. Eu a abracei mais forte, ela passou as mãos pelos meus cabelos. O calor de seu corpo vencia as roupas que lhe cobriam, esquentando-me a pele. Aos poucos, ela começou a se acalmar. Seus olhos diminutos estavam terrivelmente inchados. Eu não conseguia afastar minha visão de sua boca, que abraçava, a cada gole nervoso, a xícara de chá. E, enquanto ela seguia me falando do cretino do ex-namorado, eu só pensava em beijá-la.

Servi-lhe a bebida mais três vezes. Júlia foi mergulhando em uma bebedeira que lhe entorpecia o corpo. Levei-a para minha cama, tirei-lhe a roupa por completo. Nenhuma vez ela protestou. Tomei seus pés entre minhas mãos, beijei seus mindinhos gordos, suas canelas, seus joelhos ossudos. O cheiro entre suas coxas era bem mais discreto do que o de Márcia. O gosto do suco translúcido que se grudava aos meus dedos era quase neutro, de uma acidez muito suave.

Nos dias seguintes ela não apareceu. Mortifiquei-me por ter agido sem ter certeza de que ela também queria aquilo.

Voltou ao meu apartamento ainda duas vezes, mas não quis beber o chá e manteve certa distância de mim. Não tocou mais os meus cabelos.

Dois meses depois ela se mudou. Parece que fez as pazes com o ex-namorado e que voltou para o antigo apartamento.

Eu fiquei ali, olhando para o foco de luz que o abajur projetava no vazio do sofá, iluminando o tempo do chá *earl grey* que tomávamos juntos.

O escritor e suas oficinas

> Es bien seguro que tú tienes la llave
> Cuánto tiene, cuánto vale...
>
> Guaguancó Callejero

A sala de minhas oficinas literárias está vazia, e eu a espero. Ao meu lado, o pequeno aparelho de som ergue de seus circuitos a voz do Nat King Cole em um espanhol a um só tempo sofrível e delicioso.

> *Voy por el mundo cruel de fracaso en fracaso,*
> *llamo a la puerta del cielo que nunca traspaso.*
> *Vencido y cansado de tanto sufrir*
> *yo ruego a Dios que se apiade de mí.*

Três batidas discretas se misturam ao som do pandeiro — as três batidas com que ela sempre se anuncia. Ordeno que entre. Nossos olhos se encontram. A luz fluorescente do teto da sala (a mais antipoética das invenções humanas) não é capaz de reduzir o fulgor quase vermelho de seus cabelos castanhos. Jamais tive uma aluna que vestisse *jeans* como ela. Vejo que traz a pasta de couro marrom em que sempre leva os originais de seu livro. Não é a mais brilhante das minhas alunas, é certo; não chega nem a ser propriamente a mais inteligente, mas é esperta, tem um senso de humor hipertrofiado e, de resto, sua ironia é mais fina do que a de boa parte dos escritores que conheço.

Desligo o som e a espero em pé. Ela pede desculpas por seu atraso. Instintivamente, inspeciono seu cheiro. Seus cabelos estão secos e não denunciam banho recente ou uso de secador. Nunca saber a verdade: eis a maior bênção a ser perdida. Então ela poderia ser apenas minha aluna, como tantas outras, por quem eu sentiria um desejo reservado, o desejo de um velho professor; com quem, quiçá em outras épocas, poderia ter um caso após o curso; a quem possivelmente homenagearia, amparado pelo punho, em alguma noite vazia; de quem sentiria saudades ao passar por uma loja onde calças *jeans* de cós baixo estivessem expostas; mas de quem jamais conheceria o modo de vida, o que fazia com seu dinheiro, o rigor com que distribuía as horas em sua agenda lotada. Porque as outras mulheres que esperei ao longo da vida sempre dispunham de infinitas razões para um atraso. Ela, de apenas uma. Talvez isso seja terrivelmente antiquado de minha parte, eu sei; talvez esse meu conservadorismo possa ser creditado à ficção de temática rural a que há anos venho me dedicando. Bem, mas disso não posso reclamar. Foram meus heróis gauchescos que me garantiram um cargo como professor de Escrita Criativa aqui nesta pequena universidade particular. O salário é razoável e sempre tenho uma ou duas alunas com quem me distrair.

Ela me sorri, nós nos abraçamos. Agora, mais de perto, faço a inspeção final: procuro pelo cheiro de outro (ou outros) na raiz de seus cabelos. Sinto apenas uma suave fragrância de xampu. Puta, penso comigo. Ao tocá-la, inevitavelmente a palavra me vem à mente. Ela se ergue na ponta dos pés e me dá um beijo no rosto. Seus lábios são mornos. Separamo-nos. Seus vinte e um anos reluzem de modo doloroso. Percebo-me velho. Mais um pouco e sou capaz de ficar com os olhos lacrimosos, como aqueles homens de letras choramingas que tanto me deprimiam quando comecei a escrever meus primeiros contos, quarenta anos atrás.

Conduzo-a até a mesa. Puxo a cadeira para que ela se sente. Toco os ossos salientes de suas clavículas como se lhes tomasse as medidas. Mais abaixo estão suas próteses discretas. Ela me falou certa vez da cirurgia. O médico fez um ótimo trabalho, um acabamento bastante natural. Ela deposita a pasta sobre o tampo, desfaz a fivela e puxa as folhas finais de seu romance. Contorno a mesa e sento de frente para ela, que ajeita o cabelo que lhe cai sobre o rosto. Penso em ligar novamente o Nat King Cole, mas vejo que ela está bastante ansiosa para que eu leia o que ela trouxe.

— Capítulo 12 — ela me diz.

Olho rapidamente o que ela escreveu. Seu sonho é publicar um romance ao estilo do de uma garota de família que recentemente lançou um livro revelando suas experiências sexuais como prostituta de luxo, um êxito editorial. Tentei de vários modos demovê-la do projeto, lembrando-a da bobagem que era fazer algo assim duzentos anos depois do Sade. Ela estava convencida, porém, de que seu romance seria um sucesso. Dizia-me, com adorável descaramento, que suas aventuras sexuais eram únicas e imbatíveis. Nesses anos todos como professor, uma coisa descobri: nada se podia fazer contra crenças generacionais.

— Tenho uma proposta para lhe fazer — ela me diz.

Ela se levanta com o corpo ainda sujo de minha emissão. Tem um programa dentro de uma hora, precisa tomar um banho. O apartamento que ela usa para suas atividades fica dois andares acima de onde estamos. Escuto o som do chuveiro, penso inevitavelmente que outro homem em breve maculará seu corpo. Ela cantarola num inglês torpe uma canção qualquer que o chuveiro lavava. Tento, sem sucesso, prestar atenção ao noticiário na tevê. Eu poderia ler, retomar a escrita do meu romance sobre os negros da Revolução Farroupilha, mas não tenho disposição para nada. Mentalmente amaldiçoo Simões Lopes Neto e Erico Verissimo. Durante toda minha vida eu tinha sido enganado. Somente *ela* era sincera. Olho para o *pager* sobre a mesa-de-cabeceira. Era nosso acordo. Caso ela tivesse problemas com algum de seus clientes, acionaria um botão, junto à guarda da cama no outro apartamento, que discaria para o aparelhinho. Sem eufemismos, eu havia me tornado seu cafetão. Aposentei-me da faculdade, encerrei todas as oficinas. Agora, passava meus dias fazendo ginástica e caratê, comprando as coisas de que ela precisava, zelando por sua segurança. Eu controlava sua conta bancária, aplicava seu dinheiro em ações. Ela me dava 20% do que ganhava, livre de despesas. Um preço justo. Afinal, é a taxa-padrão do mercado para o agenciamento de artistas. Ela estava tão satisfeita com meu desempenho que me falou de uma amiga interessada também em contratar os meus serviços.

Ela volta enrolada na toalha e fica me olhando por um tempo. Logo se desnuda e passa a secar os cabelos. O pé que ela põe sobre a cama, dobrando o joelho, expõe o rosa vivo de seus grandes lábios e a carne túrgida e mais escura por eles ocultada, quase como se reprovassem sua existência. Quinhentos reais a hora é mais do que justo, penso. Qualquer homem à vista desse corpo tomaria um empréstimo se não tivesse fundos.

Saca da cômoda uma de suas calcinhas profissionais. Comigo, peço que ela use apenas as de algodão. Não há no mundo nada mais refrescante para a alma de um velho que uma jovem na mais simples e branca *lingerie*. Agora ela veste um conjunto vermelho de renda, a tanga minúscula transformada num fio irrelevante na parte de trás. Levanto-me e vou buscar um vestido no *closet*. Era terrível, claro, vesti-la para outro. Mas também era terrível, ainda mais, ter de participar de simpósios e seminários sobre literatura gaúcha. Alguém precisava lhes dizer que o campo havia acabado. Pensando friamente, eu investia agora em uma carreira que, somente com ela, me daria pelo menos uns sete anos de tranqüilidade. Quanto tempo será que esses romances requentados sobre os Farrapos ainda vão durar?

Ela está pronta. Acompanho-a até a porta e retorno para a cama. Olho novamente para o *pager*, que nunca tocou. Na tevê, um documentário do History Channel dá conta da patética morte de Átila, o rei dos hunos. Quase pego no sono. Quase desejo que ela me chame. O taco de beisebol que comprei para uma emergência continua lacrado dentro do guarda-roupa. Sinto-me ansioso. Vou até a cozinha beber um copo de leite.

Ao abrir a geladeira, escuto um barulho estranho que parece vir do quarto. Uma garrafa de suco de laranja, que estava na frente da leiteira, escapa de minha mão. O som aumenta, e eu retorno correndo. A mesa-de-cabeceira vibra junto com o dispositivo. Já da porta posso ver o *pager* piscando sua luz azulada.

    Pego o taco e arranco o plástico. A superfície fosca do alumínio não reflete nenhuma imagem definida. Subo correndo os dois lances de escada. Uso a cópia da chave que ela me deu. Irrompo em direção ao quarto. Ele está montado sobre ela, o corpo ereto, os joelhos apoiados na cama, desferindo-lhe uma seqüência interminável de tapas. Deve ter lhe acertado um soco, pois ela já não reage. Vejo o travesseiro branco todo respingado de sangue. Ergo o taco e preparo o golpe. Nunca me senti tão vivo. Creio que chego mesmo a gritar, como um dos bárbaros de Átila.

    O choque do bastão contra o crânio soa como a pancada que alguém dá com toda a força contra um tampo de madeira.

    — Ouviu? Tenho uma proposta para te fazer! — ela repete, golpeando a mesa.

    Ergo os olhos do papel. Mesmo os condenados à morte têm direito a um último suspiro.

1998

> *Ardua tempora exculto homini.*
> (São tempos difíceis para um homem civilizado.)
> CAIUS FLACCUS, SENADOR ROMANO, 226 D.C.

Da janela era fácil observar a cidade enlouquecida, o largo tomado, pessoas dançando feito feras, encantadas com os brados do homem que à distância eu reconhecia pelo bigode negro e reluzente que talvez em outra circunstância, noutro tempo, nas velhas tardes perdidas em meio a fitas VHS, me faria lembrar do mesmo bigode que usava o Groucho Marx. Era difícil, no entanto, pensar ou recordar algo apreciável com os alto-falantes, despejando em meus ouvidos a maldita vinheta eleitoral, as vozes dos papagaios de *jingle* dobradas dezenas de vezes em algum estúdio vagabundo de publicidade.

Fogos no ar e uma festa que não era minha.

O calor da massa me chegava numa corrente de ar morna e fétida, avesso de um temporal, carne suja, e não o aroma alcalino da terra. Somente o cheiro nauseabundo de casa noturna lotada, de bufê com uma carne por três reais e cinqüenta centavos.

O mais estranho nesse momento, nisso tudo que fazia da noite inferno análogo ao da reprodução de Bosch que enfeitava minha parede mal caiada, é que eu também não havia sido derrotado.

Essa azia...

Esse aperto na nuca...

O formigamento na face...

O que me incomodava não tinha nome.

Alguém tinha ganhado, ganhado numa esfera muito superior à minha. Alguém tinha perdido. E não era eu. Eu não estava em nenhum dos lados, mas ao mesmo tempo não deixava de estar no meio do campo de batalha.

Foi quando o telefone tocou.

— Eu disse que a vitória era certa! As pesquisas estavam mentindo! — gritou a voz que reconheci rapidamente.

— Parece-me que elas sempre mentem, não é verdade? — deixei escapar.

— A massa venceu, Tom! A política venceu o *marketing*. E tu em casa numa hora dessas!

Tanta euforia era quase comovente. Alguma coisa, porém, fazia com que eu me lembrasse da euforia dos que me tinham arrastado a tantas festas pretéritas, dos que me prometiam "a garota certa que queria me conhecer". Infelizmente, para minha má sorte, sempre havia uma contradição em termos no que me afirmavam. De um elemento ou de outro da proposição.

— Fala alguma coisa, seu cretino! — ela gritou. — Estamos quase chegando no teu apartamento. Estou levando uma amiga comigo! Tem cerveja aí nessa tua espelunca?

— Da tua reserva, Imperatriz.

— Vai descer ou quer que a gente suba?
— Que tal essa tua amiga?
— Cretino! Atende aí!
Bastou eu desligar para que a campainha do interfone soasse demoradamente.
— Sou *eu* — ela disse.
Acionei o mecanismo e fui procurar uma camiseta. As duas entraram com um par de enormes bandeiras coloridas, o símbolo do partido inequivocamente estampado em matizes vibrantes. Infelizmente, não traziam em seus corpos tanto frescor quanto eu desejava. A Imperatriz guardava sempre na pele uma suave fragrância de sabonete recém-aplicado, cheiro de banho que em pessoas normais a roupa só preserva em dias de inverno. Agora, porém, não havia nem rastro de sua limpeza habitual. Imperatriz eu a chamava graças a um título que ela havia conquistado três anos antes num concurso de beleza no vilarejo em que nascera, redimindo-a, ainda que parcialmente, da péssima escolha de seus pais quando a registraram num modesto cartório do interior do Estado.
As duas ficaram me olhando e sorrindo de leve, esperando qualquer reação de minha parte, enchendo a sala com esse aroma peculiar de ajuntamento, *blend* de perfume e cigarro, roupas e peles suadas, secreções ordinárias e bebida vagabunda. Beijei-as em silêncio, fui me sentar na minha poltrona de leitura, sentindo as ranhuras do couro gasto fustigarem meus braços. Elas ocuparam o sofá junto à janela.
— Tom, essa aqui é a Renata. Ela é minha colega de jornalismo na faculdade. Está morando há um ano aqui na cidade. Ela também é coloninha, gringa como eu. Embora não seja o momento para isso, deixa eu te mostrar como ela é avançada — e se ergueu num salto, arrastando a outra consigo até onde

eu estava, colocando-a de perfil, a cintura muito próxima do meu nariz. Assim, de perto, cheirava melhor, como se aos poucos pudesse se livrar do bodum das massas, principalmente à medida que minha amiga lhe puxava a saia de brim, expondo o avantajado osso de sua bacia. O que a Imperatriz queria me mostrar eram as tatuagens que cobriam a pele de Renata, a delicada manada (ou seria cardume) de cavalos-marinhos que nadavam dengosos, soltando bolhinhas pela vasta planície de carne tesa que constituía seu ventre; cavalinhos que mergulhavam certeiros em direção às regiões abissais.

— Viu como são queridos? — disse a Imperatriz. — E tem um lado meio perverso que eu sei que tu gosta.

Olhei para a dona do haras e ela sorria, satisfeita com seus puros-sangues. Eram realmente encantadores. Eu estava definitivamente inclinado a esquecer que aquilo era apenas tinta negra gravada na pele e quase podia ver os rabinhos encaracolados se misturarem aos outros caracóis que inevitavelmente ficariam expostos caso a Imperatriz mantivesse a mínima cinética que usara para arriar os tecidos...

Foi quando começaram a berrar lá do lado de fora.

Uma mulher tinha se apossado do microfone no palanque, disposta a bater todos os recordes de euforia e decibéis. Tentei me controlar, mas não agi a tempo.

— Que foi, Tom? — perguntou a Imperatriz. — Não vai me dizer que tu não gosta da...

— Bruxa maldita.

— Não fala assim. Votei nela para deputada. A Renata também.

— Essa gente banaliza o grito, transforma um simples comício no Sermão da Montanha. Para que tanto barulho, afinal? É apenas uma eleição.

— É muito mais que isso — seguiu a Imperatriz. — Pensa há quanto tempo o povo espera pela oportunidade de estar no poder, de exercer a verdadeira cidadania? Acho que tu não tem idéia da dimensão da nossa vitória. Há uma grande diferença entre eleger um político que fala em nome do povo e eleger alguém que é realmente um de nós.

Fiquei paralisado por um momento. Não podia ser esta a mesma mulher que poucos instantes atrás me oferecera a amiga.

— Um de nós, entende? — ela continuou.

— Nós quem, cara pálida?

— Ora, gente como a gente. Pessoas que não se venderam.

— Pessoas que não se venderam...

— Sim, que não fazem parte desse sistema podre.

— Que não cederam à pressão da máquina imperialista? — acrescentei.

— Isso!

Não pude deixar de gargalhar. Vi que Renata não estava muito interessada nessa discussão acessória. Tinha aquele delicioso alheamento das mulheres bonitas.

— Não repara, Renata. O Tom é um cínico. Para ele as coisas são fáceis. Nada como a alegria irresponsável dos que podem zombar de tudo.

— Fáceis? Fáceis? Desde quando, Imperatriz? Acreditar sim é que é fácil. Deixar-se enganar. Não há serenidade maior que abraçar uma crença qualquer. Garanto a vocês que minha vida seria muito mais fácil se eu pudesse creditar minhas desgraças ao FMI e ao Banco Mundial.

— Acho que tu tá distorcendo as coisas — falou finalmente Renata.

— E a bruxinha lá fora? Ela, decerto, não está distorcendo nada...

As duas se calaram. Minha atuação estava desastrosa. Eu precisava de um tempo técnico.

— Vou pegar uma bebida para vocês, gurias. Sentem-se aí, aproveitem o camarote — e sumi em direção à cozinha. Na mesa posta, mania que herdei de minha avó, havia meio bolo de fubá. Retirei da gaveta abaixo do congelador duas latinhas. Estavam lá havia algum tempo. Fui até o armário e saquei uma garrafa de *Grants*.

— Sabe que a Renata escreve poesia? — perguntou a Imperatriz quando retornei. — Foi uma das razões por que a trouxe aqui. Ela queria que tu desse uma olhada no material...

— Preciso de uma opinião sincera — disse Renata, sacando de dentro da bolsa uma folha cuidadosamente dobrada, mostrando, ao executar essa tarefa, que possuía a habilidade de uma profissional[1].

---

[1] Ou é possível ser poeta sem andar ameaçando os outros, em todos os lugares, com novos versos? Chegará o dia em que o cidadão comum poderá dar voz de prisão sempre que intimidado por uma leitura de poesia. Essa questão perene ocupou inclusive a atenção de um homem do porte de Leopardi. Para o pensador, que já em sua época identificara semelhante problema, a solução estaria em formar uma audiência profissional e paga. Para a prosa, dizia ele, o preço deveria ser de um escudo por hora; para a poesia, o dobro. Havia ainda, em sua proposta, um engenhoso sistema de compensações, em caso de sonolência, desmaio ou outros danos à platéia. Quanto a mim, dar-me-ia por satisfeito com o simples encarceramento, tornado inafiançável em caso de reincidência.

Levei o uísque à boca; ela, somente palavras. A leitura toda levou uns dois minutos.

— Meu Deus, Renata! — eu disse, assim que ela terminou. — Isso parece uma colagem da poesia comunista da metade do século XX. Faz um favor pra ti mesma: esquece o social. Quando Neruda caiu nessa, quase acabou com a carreira. Drummond, idem. Além do mais, tu não precisa dessas coisas.

— Ai, Tom, quando foi que tu ficou assim tão desiludido? — a Imperatriz reclamou. — Pois acho muito legal esse poema. Ele é tão... vibrante! Está na hora de encararmos o país de frente, de assumirmos a responsabilidade. A coisa tá mudando. Olha a rua! Tenho certeza que a vitória aqui vai se espalhar, que serviremos de exemplo para o país. É preciso pensar numa outra realidade, num mundo melhor.

O fanatismo da Imperatriz começava a me incomodar. Quando a conheci, quando tivemos nossa história, jamais falávamos de política. Como alguém podia sair da alienação completa direto para a militância partidária?

— Olha a rua! — voltou a insistir, depois de um tempo. — Gente que tá vendo um sonho de quase quarenta anos se realizar, que quer uma sociedade mais justa. Gente que pensa com o coração, que ainda sabe de que lado do peito ele deve bater.

— Será que terei de lembrá-las de como acabaram todos esses movimentos guiados pelo coração? Isso é pura tralha! Um amontoado de lugares-comuns. Gastem o tempo de vocês lendo o que importa, ouvindo música boa, enchendo a cara.

— Mas tu tá impossível hoje, hein? — protestou a Imperatriz, indignada.

Ela tinha razão, e, antes que eu tivesse de dividir minha amargura com os velhos pôsteres nas paredes e/ou com as lombadas cansadas dos meus escritores russos, resolvi converter-me num sujeito bacana.

— Trouxe mais algum poema? — perguntei.

— Ai, depois do que tu disse... Ai, fiquei sem jeito — disse Renata, bebericando da latinha.

Na rua, começava o *show da vitória*, protagonizado por um daqueles grupos de artistas pateticamente engajados. Um cantor com décadas de gloriosos serviços prestados à cultura local alterou a letra de sua música mais conhecida para encaixar o nome do candidato eleito. O efeito foi desastroso. A homenagem, que talvez lhe rendesse um benfazejo CC, não cabia na métrica e muito menos na rima. Creio, no entanto, que, contando as pessoas aqui na sala e as que se espalhavam por todo o largo lá fora, eu fosse o único a perceber a incongruência da tentativa. Em vez de me sentir ainda mais isolado, o que seria natural, brotou-me no peito uma emoção diferente. Senti um laivo de alegria. Talvez pudesse creditar esse novo sentimento — essa vontade de sair bailando pela sala como um Fred Astaire bastante acima do peso — à minha condição de única testemunha do frenesi, do delírio daquele rebanho, o que fazia com que as paredes do meu apartamento (antes ordinária alvenaria e agora rochedo) reverberassem a memória milenar do lamento dos profetas. Independentemente de qual fosse a origem dessa vitalidade verdadeira, fosse ela fermentada por bactérias indefinidas, fosse temperada com as especiarias do deserto, foi graças a ela que deixei aflorar aos lábios um sorriso encorajador, que se verbalizado significaria "leia mais, gringuinha, mexa assim os dedos nas pontas quase ruivas de teus cabelos, imponha-me toda a curvatura suada e apocalíptica do decote dessa tua blusinha, a estrela da Natividade desse teu *piercing* reluzente". Meu sorriso compunha-se de tão ardilosa e dissimulada benevolência que inclusive eu leria em voz alta os poemas que nunca escreverei. Da bolsa ela puxou um outro maço, cuidadosamente dobrado, de folhas cuja coloração creme trazia-me à boca o sabor vivo de um sorvete de baunilha. Via-se que era um papel muito bom, papel que ela acariciava com os dedos finos e um pouco nodosos, as unhas parecendo ovalados botões de madrepérola, cobertas por um esmalte fulgurante. Após gaguejar levemente, efeito não muito bem ensaiado, ela foi recobrando a confiança, chegando mesmo a ler com desenvoltura.

Era algo semelhante a um haicai. Uma série de haicais.

— Esses me parecem bem melhores — eu disse. — Menos afetados.

Renata pareceu gostar do elogio e veio sentar-se bem junto a mim, na guarda da minha poltrona. Percebi que suas coxas eram cobertas por frágeis pêlos descoloridos, lembrando a suave penugem que se encontra na pele de certos pêssegos importados. Pedi para que ela lesse outros, quase esquecido da presença da Imperatriz. Importante agora era disciplinar meus dedos famélicos. Lembrei-me de um amigo filósofo que, entre longas elucubrações sobre a crise pós-moderna, Derrida e a nata da psicanálise do *fin-de-siécle* francês, sempre encontrava uma maneira de colar sua mão no corpo da interlocutora. Comigo, de tosco trato e de expressões grosseiras, a coisa era sempre mais difícil. Ela colocou um dos braços em volta do meu pescoço, pude sentir o delicioso cheiro de suor de suas axilas, singular propriedade das mulheres de alta estirpe[2]. Na mão que pendia livre, ao lado da poltrona, ela continuava segurando a latinha, que logo foi levada aos lábios.

— Quer que eu leia mais um? — ela perguntou depois do gole.

Antes de eu responder, a Imperatriz pediu para a amiga não abusar de minha paciência. Fiquei em dúvida se defendia Renata ou se deixava as duas trocarem uns golpes. Um dia ainda vou instalar um dispositivo que transforme minha sala instantaneamente num daqueles ringues de luta livre no gel. Renata mostrou-se pronta para se erguer à ocasião e iniciar o combate:

— O que é isso, amiga?

— Como assim?

— É ciúme, por acaso?

— Do Tom? — gargalhou nervosa a Imperatriz.

— Ei — intervi —, também não precisa me esculhambar.

— Tá, Renata, deixa assim, não vou cortar teu barato. Mas tu não acha estranho ler esses poemas, que são coisas tão pessoais, logo nesse momento? Sei que faz bem para tua auto-estima ficar aí... mas... e o compromisso social?

— Do que tu tá falando?

— Da nossa vitória, guria. Esqueceu?

---

[2] Sei que tal afirmativa, por seu caráter extremamente impressionista e empírico, precisaria de detalhadas análises clínicas e laboratoriais. Contudo, quem se oferece para coletar amostras no universo da população feminina do país?

Renata fingiu dar algum valor ao que a amiga lhe dizia. Mas foi coisa de segundos. Ela era vaidosa e fêmea pronta. Já não precisava da outra. O *sarau* seguiu. Do meio do maço, puxou sorridente a nova ameaça. Impostou a voz. Que maravilha!

De súbito, porém, interrompeu a leitura.

Do largo, anunciavam que o governador eleito iria falar.

Quando dei por mim estava na rua, não sei bem como; e, por mais que ficcionalmente isso seja um problema, rogo por vossa sincera compreensão.

Quebrada a confiança no narrador — novidade e trauma! —, vejo-me de braços dados com as duas, tentando cavar um lugar para assistir ao discurso mais de perto. Por que elas prefeririam ficar se acotovelando e recebendo as mãos de sujeitos ordinários em suas partes, em vez de acompanhar o falatório lá da minha janela, constituía um enigma que me era insolúvel. Possivelmente, acreditavam em conceitos como aura, carisma e empatia pessoal. Eu preferia acreditar no soco-inglês que por precaução coloquei no bolso. Esqueci de dizer a vocês que um dos meus projetos de vida nos últimos tempos era me alistar nas hostes *hooligans*: os benefícios da carreira pareciam-me extremamente mais tentadores do que ser um modesto escritor provinciano. Pela ordem: morar na Inglaterra, beber até cair todas as noites e ter tempo livre suficiente para me dar ao luxo de ir trocar socos e cotoveladas com uns holandeses. Digamos que, diante do atual quadro da minha existência, restrita a ganhar migalhas como revisor de textos, catando no fundo dos bolsos enegrecidos e miseráveis copeques, condenado a desejar mulheres eternamente instáveis e irritadiças, um nariz quebrado e uma luxação no ombro serviriam como ótima desculpa para o pessoal do serviço social britânico.

Eu avançava cada vez mais colado em Renata. Podia sentir a ondulação de seus quadris, o choque macio de sua carne a cada encontrão que recebíamos das outras pessoas, e como ela se deixava ficar junto a mim.

Um tipo torpe, com um bonezinho do MST, abordou a Imperatriz. Ela ficou a princípio muito satisfeita por estar interagindo com as camadas populares. Seu idílio da congregação das forças do campo e da cidade, porém, durou pouco. Logo o pseudocampônio meteu-lhe a mão nos peitos, e ela se enfureceu. Bateu com toda a força na cara do sujeito, que saiu saltitando de alegria, como se tivesse recebido um beijo. A noite seria longa para Antônio Merídio, nobre cavaleiro da soqueira de adamanto.

— Companheiros e companheiras — atacou o Groucho no palanque, apoiado num sujeito magro, alto e barbudo (que mais parecia uma cruza de Abe Lincoln com lobisomem). — Chegou a hora do campo democrático e popular governar. Hoje, aqui, agora, nesta noite, o capital financeiro internacional sofreu um duro golpe. Nossa gente disse não à especulação, não às multinacionais, não às privatizações. É hora da mudança.

— Ele é genial! — gritou a Imperatriz em meu ouvido.

Olhei para seu rosto. Ela realmente acreditava naquilo. Havia um brilho em seu olhar que eu nunca tinha visto nem mesmo quando ela disse que estava apaixonada por mim, em outra noite mais discreta, mais gentil, tão mais importante do que a que agora vivíamos. Nossos olhares se encontraram. Era um brilho em que não luzia beleza. Era quase nojento.

— É hora dos micro, pequenos e médios empreendedores, é hora do homem do campo, do trabalhador da cidade, é hora de darmos as mãos e começarmos um novo pacto social, mais justo, mais digno e mais humano. Este é o compromisso da Aliança Popular, o compromisso de espalhar por todos os municípios do Estado a Gestão Partilhada, esta forma de democracia direta, de participação efetiva, que aplicamos em nossos governos na capital e que já é reconhecida internacionalmente como uma das mais brilhantes soluções políticas do fim do século. Isto não é motivo de orgulho para um partido apenas, mas sim para todos nós. Isto é o resultado do apoio do povo nas urnas, da construção constante da cidadania.

Ele fez uma pausa. Olhei agora para mais longe, a fim de medir o efeito de suas palavras sobre a multidão. Era assustador. Colei-me ainda mais ao corpo de minhas duas mulheres. O discurso seria longo.

— É hora de inverter as prioridades! (*Salva de palmas.*) É hora de dizer basta ao neoliberalismo! (*Histeria coletiva.*) Basta de corrupção! (*Pipocares muito bem sincronizados de fogos de artifício.*) Já começou, companheiros e companheiras. Já começou! Vivemos um novo tempo! O poder finalmente deixou as mãos das elites que governaram este país desde o Descobrimento. A verdadeira democracia começa hoje! Hoje!

Enquanto o novo governador eriçava os fiéis, fui descendo, aos poucos, minha mão pela região lombar de Renata. Aquele discurso também não lhe dizia nada. Estava ali pela diversão. Logo lhe toquei a barra da saia de brim. Continuou imóvel. A Imperatriz, percebendo minha intenção, tomou uma atitude surpreendente: tentou se afastar, afetando repulsa, logo ela que me havia trazido a amiga. Apertei-a contra mim. Levei minha mão que estava em sua cintura para o mesmo lugar que a outra já ocupava em sua amiga. Eu não ia deixar que lhe (me) tomassem também seu corpo. Eu ia lutar. De certa maneira, aquele combate agora se fazia meu. Avançava em duas frentes distintas em seus relevos, nas vanguardas seguiam meus dedos médios, já rompendo as trincheiras formadas pelos elásticos das calcinhas. Ao me engajar nessas duas batalhas simultâneas, fulminei o cenário escabroso que me era imposto por aquelas tristes e sórdidas figuras.

— A vitória vai se espraiar! A vitória vai se espraiar! — gritava o Groucho, e logo aquilo virou um bordão que se disseminou à moda dos vírus, repetido por todo o largo, perdigotos lançados das bocas a cada encontro consonantal. Mais fogos, mais vinhetas, mais gritos, mais loucura. Eu, mais nádegas, maiores avanços, dono dos redondos rugosos e quentes e úmidos que as duas me deixavam tocar. Antes das comemorações terminarem, foi preciso suportar ainda mais cinco discursos de correligionários.

Assim que a multidão começou a se dispersar, tentei conduzi-las de volta ao meu apartamento.

A Imperatriz, excitada demais para o que eu lhe poderia oferecer, abandonou Renata na porta do prédio e seguiu para uma festa popular que iria ocorrer no Parque Central.

Subimos as escadas em silêncio. Levei Renata para o chuveiro, já surdo para o buzinaço ensandecido que cortaria a noite. Nossas roupas suadas foram se amontoando sobre o piso. Grudados por nossas peles, entramos no boxe. O que a água ia limpando eu ia lambendo. Ali estavam os cavalos livres, sensíveis ao toque, limitados em seu páreo tão-somente pela fratura vermelha que meus dedos desvelavam. Encostei seu corpo contra os azulejos gelados e ela gostou, mordeu-me os lábios com força. Ergui suas pernas e não a deixei lavar demais os líquidos que lhe escorriam, assim não haveria atrito. Ela fechou os olhos, e tomei seu corpo em um só movimento, até que nossos pêlos se encontrassem em uma só vegetação. Seus braços enlaçaram meu pescoço. Cravei meus dentes em sua carne, sentindo o contato molhado de seus cabelos em minha orelha, por toda minha face. Mordi mais forte e esperei o gosto do sangue vir, e veio, e se aguou em uma secreção translúcida. E na série ritmada de meus golpes já era ela que se vinha. Algumas pessoas gritavam palavras de ordem lá fora, enquanto seus pés deslizavam para cima e para baixo em minhas panturrilhas. Entrechocavam-se nossos mamilos. Suas unhas ateavam fogo em minhas costas, lanhando-me afiadas, escalavrando-me os ombros serva de sua dona aflita, que agia como quem destrinchasse faminta a carne fresca de um salmão.

Era chegada a hora de eu lhe mostrar meu projeto final de revolução, o único outro mundo possível em que eu podia acreditar.

Dois meses depois, acordei na China.
A Imperatriz entrou no quarto, paramentada por inteiro com as cores do partido. Era para ela estar nua e deitada

ao meu lado. Nunca, desde que a conhecera, a tinha visto se levantar antes das dez. Bloqueei meus olhos com o antebraço assim que ela arregaçou as folhas da persiana. Sentia-me como um daqueles vampiros que se encolhem antes de ser pulverizados pelos raios do sol.

— Mas que diabos é isso? — gritei.

— Como assim, Tom? Em que mundo tu vive? Hoje é a abertura do Fórum Social Mundial! Esqueceu que falamos sobre isso ontem à noite?

Sim, de fato, eu me lembrava de como ela tinha passado umas duas horas me fazendo propaganda (desde a eleição que não nos víamos) das atrações inesquecíveis que viriam à capital falar sobre os movimentos sociais para o novo milênio: num domingo de manhã! O pior, sim, o pior é que agora eu me lembrava com clareza de ela me advertir que acordaria cedo para se juntar à celebração. Ao escutar suas palavras — que não eram suas — senti os últimos resquícios do efeito da anestesia que me fora tão efetiva durante oito semanas. Até esse momento, eu tinha conseguido me preservar intacto.

Levantei-me ainda meio tonto e fui até a janela. Por todos os lados se espalhavam bandeiras do partido. A rua parecia um rio lento, feito de pano e gente, um fluxo de bonés, lenços, camisetas e adesivos, cobrindo crianças, velhotas, barbudos, malandros, cachorros, qualquer coisa que se movesse.

Meu impulso imediato foi fechar de novo a janela e ligar o ar-condicionado, mas a Imperatriz ainda estava com a correia da persiana nas mãos. Ela parecia uma gota que tivesse respingado lá de fora aqui para dentro, contaminado meu quarto irreversivelmente. Por um rápido instante, desejei que, de alguma maneira, ela também pudesse me infectar com essa praga que lhe havia corrompido o cérebro.

— Não sei se a Renata vai. Vocês têm se visto? — ela perguntou.

— Não.

— Quando se viram pela última vez?

— Na manhã seguinte à noite da posse.

— Ela não quis me dizer nada do que aconteceu aqui.

— Tu sabe como eu sou. Sempre estrago tudo.

A Imperatriz deixou escapar um sorriso meio vago. Aproximei-me dela, que se inclinou para beijar minha boca ainda dormida. Era preciso coragem para um gesto desses.

— Pois sabe aquele poema que tu não gostou? — ela prosseguiu.

— Qual deles?

Ela permaneceu séria. A doença já consumira seu senso de humor. Tive a nítida impressão de que essa seria a última vez que nos veríamos aqui nesse quarto.

— Aquele poema que tu disse que parecia coisa de comunista.

— Sim, acho que me lembro... Um negócio pavoroso sobre um outro mundo possível, certo?

— Isso. Tu nem sabe. Ganhou o primeiro prêmio do concurso do governo. Vai sair nos ônibus de todo o Estado. Ela está superfeliz. Parece que também vai conseguir um cargo no setor de comunicação numa das secretarias do Gabinete de Finanças.

— O quê? Como assim?

— Como assim o quê? Que foi?

— Ela também? — perguntei surpreso. — Achei que ela não fosse engajada.

— Claro que é engajada. É do partido! Filiada e tudo mais!

Ficamos um instante em silêncio. Seus dedos tamborilavam sobre o apito prateado que ela trazia no pescoço.

— Vamos descer, Tom.

— Desculpa. Não posso.

— Vem comigo — ela pediu. — Ia ser tão bom se tu participasse.

— Conhece aquela máxima do Groucho?

— Groucho? Que Groucho?

— Um comediante americano.

— Sabe, Tom, às vezes tenho a nítida impressão de que tu é louco! O que tem a ver esse tal de Groucho com o convite que eu te fiz?

Não há nada mais difícil do que explicar a alguém os rumos de um pensamento indireto quando não se compartilha da referência comum.

— Mas que inferno! — ela gritou. — Responde alguma coisa! Odeio ficar falando sozinha.

— Olha, doçura, nunca participo de nenhuma reunião com mais de cinco pessoas.

— Ah! — ela gritou, soltando a persiana. — Tu é mesmo impossível. Deveria ter vergonha dessa tua alienação! Como alguém pode ser assim tão cínico? Tu deve se achar muito especial por ser um intelectual, escritor e a puta que pariu!

Por um instante, a escuridão voltou a reinar no quarto. Desejei com ardor que ela esquecesse da maldita parada, que voltasse a ser aquela gringa meio tosca, mas divertida. Avancei em sua direção e tentei lhe dar um abraço, mas ela se esquivou. Procurou novamente a correia e voltou a subir a persiana.

— Vou embora, Tom. Tu vai acabar sozinho, sabia? As pessoas precisam acreditar em alguma coisa, ter um sonho, tentar mudar o mundo. Essa tua descrença vai ser a tua desgraça. Escuta o que estou te dizendo: tu jamais vai conseguir escrever uma linha que tenha emoção verdadeira. Teus livros terão sempre essa visão melancólica e desconsolada. A vida não é essa coisa horrível que tu imagina. As pessoas são boas! O sistema é que as distorce. Olha isso! Quanta gente lá fora! Como é que isso não te toca? O que há de errado com teu coração? O que há de errado contigo, Tom?

— Isso é monstruoso, Imperatriz.

— Como?

— O que tu te tornou. Como tu te deixou converter assim? Quem é essa pessoa que deixou de pensar por conta própria?

— Ah, quem não pensa como tu obrigatoriamente pensa errado ou nem pensa, não é?

— Melhor tu ir agora.

— Sabe, eles tinham me falado, mas eu não quis acreditar. Eles tinham me falado de gente como tu, gente que não quer ver nenhuma mudança, gente reacionária...

— É, gente que paga o teu CC.

— Sou paga pelo povo! Não por gente da tua laia, da elite, gente criminosa.

— Tu não sabe nada sobre meus crimes, sua cretina.

Segui em sua direção. As mãos dela começaram a tremer. A persiana tornou a cair. Senti um princípio de ereção. Comecei a ofegar como uma fera. Antes da violência do Estado, a violência do indivíduo. Imersos nas trevas, ouvi seus passos agitados em busca da porta.

— Fica longe de mim! Fica longe de mim!

Em desespero, ela alcançou a maçaneta, e a luz que veio da sala teve um efeito tranqüilizador sobre meus nervos. Deixei de persegui-la.

— Fica longe de mim!

Logo ela chegou à porta da sala e, após alguma confusão com a chave, conseguiu escapar.

Senti uma leve dor de cabeça, voltei a me deitar e liguei a tevê. No canal estatal, o único que pegava bem com minha antena interna, os programas do centro do país tinham sido totalmente substituídos por pronunciamentos e conclamações dos secretários de governo. Desse modo, meus deliciosamente tediosos programas sobre os mestres da literatura universal deram lugar a aparições de figuras sombrias e medievais que patinavam para concluir uma frase simples, completamente incapazes de aplicar a mais elementar das concordâncias. Era preciso, contudo, admitir-lhes o mérito. Haviam conseguido, num curto período de tempo, adequar magistralmente o padrão estético das imagens ao conteúdo de suas falas. Enquadramentos esdrúxulos, iluminação precária, cortes grosseiros. Papa Stálin ficaria orgulhoso com tal concepção. Em 1953.

Passei a manter as janelas do apartamento fechadas. Eu saía para o trabalho e voltava. Muitas vezes parava em algum café e jogava meu tempo fora. A vida miúda continuava praticamente igual. Eu ainda tinha meus livros e meus discos e algum dinheiro no banco. Com exceção do dinheiro, o resto iria durar por tempo suficiente.

Certa tarde, ao voltar para casa, topei com uma carta na minha caixa de correio. Estava com o brasão do Estado e deveria ser algum tipo de cobrança. Era o imposto do meu carro. Fiz os cálculos e constatei um aumento extremamente abusivo.

Na manhã seguinte, liguei para o número que constava no boleto.

— Governo democrático e popular às ordens — disse a voz do outro lado da linha.

— É da Secretaria da Fazenda? — perguntei surpreso.

— Pois não, companheiro, do governo democrático e popular.

— Gostaria de uma informação sobre o imposto do meu carro.

— Pois não, companheiro. Um momento, por gentileza.

— ...[3]

— Governo democrático e popular — anunciou uma voz diferente.

— Gostaria de uma informação sobre o valor do meu IPVA.

— Pois não, companheiro. Vou lhe encaminhar ao setor competente. Estamos aumentando nossos quadros para melhor atendê-lo.

— ...

---

[3] Cada ponto de reticência equivale a aproximadamente 3,1415 minutos.

— Governo democrático e popular, atendimento ao público — disse uma voz de mulher num tom neutro.
— Por favor, gostaria apenas de uma informação sobre o valor do meu IPVA.
— Pois não, o que seria?
— Consta aqui um aumento de 15% em relação ao ano anterior. Isso é mais do que o dobro da inflação.
— Pois não, trata-se de uma readequação de faixas de acordo com o poder de contribuição.
— Readequação de faixas? Meu carro está um ano mais velho e o valor cobrado pelo governo aumenta!
— Pois não, a visão do governo democrático e popular é de que os ricos, os que sempre tiveram seus interesses valorizados e protegidos neste Estado, têm de pagar mais impostos do que vêm pagando historicamente.

Aos poucos fui reconhecendo aquela voz. A pouca emoção com que dizia aqueles textos prontos tornava sua identificação uma tarefa simples.

— O senhor está me ouvindo? — ela seguiu. — Esse aumento reforçará o Estado, tão penalizado pelas privatizações do governo anterior.
— Renata! — eu disse.

Houve um silêncio do outro lado da linha.

— Renata? Alô? Renata? Aqui é o Antônio Merídio. Diga alguma coisa!

Durante um tempo ouvi sua respiração. Lembrei do que tinha acontecido entre nós dois naquela noite, depois do banho, e que eu não precisava ter feito aquilo. Ela não precisava ser convertida à minha ideologia, ela já não acreditava em nada. Um movimento em falso e agora era tarde. Eles a haviam levado.

Após alguns estalos, uma nova voz masculina atendeu:

— Governo democrático e popular às ordens.

A cinética das sobrancelhas, o escritor pedante, a psicanálise e Bioy Casares

Beatriz atuava no ramo das reengenharias e de outros *marketings*. Se eu não fosse este tolo que se apaixona por um mínimo detalhe numa mulher, já teria me livrado dela há muito tempo. Juro[4].

O problema eram suas sobrancelhas. Beatriz tinha sobrancelhas perfeitamente delineadas, doutora; um tanto diferentes das suas, que são meio rebeldes. E desde já admito que menti quando falei que era apenas um mínimo detalhe dela que me atraía. Mentira. Da mais deslavada. Porque ela também cheirava gostoso e vestia-se bem e tinha pernas fortes e quadris largos e pele boa e sorriso pronto e cabelos que corriam negros como o mar das noites sem lua. Como assim poesia? Eu costumo falar assim, doutora[5]!

Posso continuar?

---

[4] Duvido. Em seus três últimos relacionamentos, fez a mesma promessa e, excetuando sua última relação — aliás, um caso que a muitos pareceria deslavada pedofilia —, foi agente passivo do termo final perpetrado por suas consortes.
[5] Menti. Se o psicanalista fosse homem, falaria sem essa afetação de escritor de oficinas literárias.

Ah, Beatriz... Se ela pudesse me poupar de sua novilíngua, de suas constantes reuniões-almoço e *meetings* lá em casa — cuja platéia era composta exclusivamente por mim —, se pudesse esquecer pelo menos por alguns minutos os *kotlers* e as estratégias em tempos de crise, eu teria encontrado a verdadeira alegria.

Confesso que no começo era gostoso possuí-la enquanto ela tentava me explicar por que o léxico das relações amorosas deveria ser totalmente reformulado. Era então que se dava o espetáculo das variações e movimentos de suas sobrancelhas. Elas pareciam traçadas a nanquim, sabe?, preenchidas sem falha alguma, em total e perfeita harmonia com sua próxima formação capilar, bem mais abaixo, descendo pescoço, descendo clavículas, descendo peitos, descendo umbigo[6]. Que linda!

Quantas vezes terei de dizer que não estou divagando? A isso se chama ornamentação retórica[7]. Estou começando a duvidar de que você tenha lido o inventor desta sua lojinha, doutora. Freud era um exímio estilista!

Eu, agressivo?

Devo me concentrar apenas em Beatriz? Tudo bem, voltemos a ela, então.

---

[6] Age com dolo. Este trecho pertence a um conto de Antônio Merídio, publicado em 1998. Não satisfeito em omitir a fonte, ainda o cita de maneira errada. Eis o texto corrigido: "descendo pescoço, conquistando veias; correndo clavículas, que expandem e depois restringem o olhar fluido que escoa sobre o esterno; descendo peitos, suas elevações e seus desfiladeiros". Não há no original qualquer referência a umbigo.

[7] Delira. Nunca leu Cícero.

Se ela ao menos dissesse coisa com coisa... Pois mesmo na patologia os excessos têm limites, ou estou errado?

E para que você não me venha acusar de intolerância, doutora, ou mesmo de ser agressivo, exponho a seguir, com a mais desbragada isenção, alguns dos itens da reforma semântico-lexical proposta por Beatriz; tenho aqui, anotados em um papel, os tópicos introdutórios do módulo básico de seu programa:

1 — Em vez de "fazer amor", queria ela "compartilhar amor", visto que duas pessoas não fazem, mas sim compartilham, um amor já existente. O prefixo "com" insere a noção de coletividade, revelando a necessidade da presença do outro, da alteridade radical, cujo resultado é o amor.

2 — Banir o anódino e desgastado "eu te amo" e optar pela forma castelhana "*te quiero*", muito mais cheia de paixão e vontade, uma expressão que dá a exata medida do desejo, desejo manifesto de se estar com a outra pessoa.

3 — Suprimir os pronomes possessivos, optando por artigos definidos, recurso que confere ao ser de nossa eleição um caráter único e grandioso. Em vez de "minha" mulher e "meu" homem — que trazem consigo uma idéia de propriedade totalmente avessa à idéia de indivíduos que livremente se associam para compartilhar e querer um "novo" sentimento —, devem-se empregar "a" mulher e "o" homem.

Nas primeiras vezes, doutora, enquanto ainda era ingênuo, tentei argumentar que não percebia qualquer diferença prática em fazer essas alterações. Ela respondeu, quase aos gritos, que eu não entendia nada de semântica, que era impressionante como eu, cheio de ambições literárias, pudesse ser tão desleixado em relação a essas sutilezas de vocabulário, ao poder latente das palavras. E apesar de eu ter lido boa parte do Shakespeare no original, apesar do Cervantes e do Machado, concordei em silêncio. Num de meus únicos momentos de inteligência, percebi o valor milenar de permanecer de boca calada[8]. Tinha ainda suas sobrancelhas, o que era muito mais do que a maioria das mulheres ordinárias já me oferecera...

O fato, doutora, é que acabei viciado nessas palestras de alcova. Bastava-me transpor o vão rugoso e úmido guardado entre as coxas dela para que meus ouvidos recebessem aquela voz modulada por cursos de expressão em público, repleta de uma carga inesgotável de obviedades. Quase sempre falava sobre ONGs, sua especialidade. Beatriz conseguia discursar ininterruptamente por 30, 40, 50 minutos, independentemente da posição em que eu a colocasse.

Mas a verdade é que tudo cansa. Cansou ela da sua platéia, cansei eu da palestrante. Comecei a beber para agüentar sua companhia. Tornei-me violento[9]. Eram perceptíveis os sinais de uma constante rouquidão em sua voz, fruto do uso tão contínuo do aparato fonador. Vislumbrávamos o fim iminente, embora fingíssemos.

Você compreende bem essa questão do fingimento, não é, doutora?

---

[8] Um excelente aprendizado. Quando conseguir manter também a pena inativa, teremos ainda mais a comemorar.

[9] Após consultar nosso departamento jurídico, vi-me totalmente frustrado. Por ser um texto de ficção, não se pode tomar tal afirmativa como declaração de culpa com validade penal.

Claro, entendo, entendo perfeitamente, a senhora me diz que a análise é o espaço ideal para eliminar o fingimento. Ainda assim, tanto eu como ela tínhamos bastante a perder, sabe?, pois é certo que também não seria fácil para Beatriz arranjar um companheiro como eu, capaz de suportar tão obtusa verborragia[10].

Cansaço ou não, o que antes era instantânea umidade secou; agora, era preciso que usássemos lubrificação artificial. Como os assuntos dela se haviam esgotado, iniciaram-se as reprises. O problema é que, ao reapresentar um tema, suas sobrancelhas já não se mexiam com a mesma espontaneidade. Foi quando percebi que aqueles movimentos e evoluções sinalizavam seus orgasmos!

Tal era o seu gozo!

Agora, nada mais se alterava nela. Nem a voz, nem as paredes incandescentes de sua cona. Se ela ofegava, era apenas pelo esforço físico.

Agora percebo tudo, doutora!

Há mulheres que ruborizam, há as que tremem como gelatina, há as que gritam e as que gemem manso[11]. Como pude ser tão idiota? O quê? Você está me dizendo que "ficamos assim" por esta semana. Não, doutora, não tenho de fazer luto nenhum.

Como?

---

[10] Engana-se. Mas como dizia aquele: "O auto-engano é o início da sabedoria".

[11] Alguém precisa libertar esse sujeito de sua miséria. Boa sorte aos que seguem. Aos interessados em meus serviços, solicito a gentileza de escrever para a Editora Novo Século, falar com o departamento editorial.

Faça-me o favor! Quer dizer que eu preciso enxergar um *padrão* nas minhas relações? Ora, isso não faz o menor sentido!

Não, não haverá outra sessão.

Saí correndo do consultório, sabedor de que apenas o conhecimento do funcionamento sexual de Beatriz não poderia nos salvar. Cheguei em casa e ela já estava maquiada, pronta para sair. Preparava-se para uma viagem, um seminário no Rio de Janeiro. Fiquei desesperado. Lancei-me sobre ela, destrocei suas roupas, molhei-a com minha saliva, aos cuspes. Pedi que fizesse uma apresentação qualquer enquanto eu a estocava. Nada. A emoção se fora.

Saí de dentro dela e lhe puxei o rosto para bem junto. Gozei sobre suas sobrancelhas, para ver se reagiam, pensando que meu gozo quiçá pudesse ressuscitá-las, estimulá-las, tal como aquelas máquinas que dão choque nos enfartados. O visco escorreu em vão, descendo por suas bochechas como gotas compactas de chuva que caíssem de um telhado sem calha.

Nem todos os casos de amor podem ser salvos.

Talvez o nosso não pudesse.

Mas eu não desistiria assim tão fácil.

Sofro daquilo que os estudiosos da mente no século XIX chamavam de monomania.

A crise

Ela sorriu. Seus dentes eram feios; um pouco mais escuros e passariam tranqüilamente por dentes tingidos de gueixa. A perfeição havia ficado de fora da primavera de 2002, mulheres não mais que medianas em suas bocas e unhas e cabeleiras pintadas. Outra estação do ano sem escrever uma linha honesta. Sentado junto ao balcão, eu lutava por minha sobrevivência de modo frouxo. Ela voltou a me sorrir, resolvi me aproximar.

Posso te pagar um drinque?, perguntei.

Traz mais um desses, ela disse, sinalizando com o copo para o garçom.

Está aqui por livre e espontânea vontade?, tentei uma graça. Ela não entendeu.

Que tipo de pergunta é essa?, olhou-me intrigada. Adoro esse bar. Você não acha que é um dos melhores lugares pra sair na cidade?

É...

O que você faz?

Sou escritor e você?

Contadora. Trabalho numa multinacional.

Isso é bom.

Vamos dançar?, ela sugeriu.

Claro.

E essa foi toda nossa conversa. Em seguida, lá fui eu suar, encharcar minha cueca e assar minhas coxas. Difícil é manter o sorriso. Como é que se pode exigir um bom desempenho sexual depois de um negócio desses?

Descemos até a pista de dança superlotada, glúteos faceiros se movendo como ponteiros em busca do 9 na escala Richter. Descolei um pequeno espaço para a gente, longe dos reboladores profissionais.

A moça estava alegre, eu faltando uísque. Sóbrio, não suportaria que ela gostasse da música e da aglomeração. Fui até o bar, só tinham Natu. Enfrentei assim mesmo. Sem gelo, puro, de um só gole. Os fregueses das cercanias me olharam com algum espanto. Quando se bebe assim, pensam que você está no fundo do poço. Ah, gente miserável, à deriva com suas almas de cinqüenta centavos. Voltei para a pista.

Você demorou, ela disse aos gritos, tentando vencer a música e as caixas de subgrave.

Eu sei. Foi preciso, gritei de volta.

O quê??? Não entendo nada do que você diz...

Cheguei bem junto ao ouvido dela:

Você é tão linda!

Eu quase podia acreditar. Seus cabelos molhados grudavam na testa, o perfume ordinário impregnado em sua pele desvanecia, libertando-a, de um modo bastante eficaz, da vulgaridade que parecia besuntar mesmo as dobras mais recônditas de seu espírito.

Obrigada, sussurrou em minha orelha, muito obrigada.

Era apenas mais uma pessoa jogada no mundo, acreditando no progresso, no caráter enobrecedor do trabalho, nas psicólogas de revista, nas mulheres independentes das séries de tevê, na alegria soez dos bares, em tudo o que os outros dizem. Ela precisava desesperadamente fazer parte de alguma coisa. Olhei-a fixamente e pude perceber uma estranha umidade bovina aplicada como grossa película sobre seus olhos muito redondos. Foi quando me senti levemente desgraçado, por só conseguir pensar nela como uma vaquinha pastando livros de auto-ajuda e inteligência emocional. Quando é que alguém vai dizer a verdade ao rebanho? O jogo acabou há muito tempo! César ainda teve a chance de lançar os dados. Em Porto Alegre, dois milênios depois, resta aos miseráveis latinos apenas um malte ordinário com ágio de 100%.

Já volto, gritei.

Ela seguiu mexendo. Mexia bem, realmente bem. Tomei a segunda dose. Na cabeça, eu escutava a voz rascante do professor de um curso clandestino de latim que eu freqüentara na época em que ainda queria me tornar um intelectual — antes, evidentemente, de entrar naquela faculdade estúpida. *Galia est omnis divisa in partes tres quarum unam incolunt Belgæ, alium Aquitani...* Lembro-me que perguntei ao velho mestre que diabo tinham sido os aquitanos, mas ele só me respondeu que isso não importava, que não interessava o conteúdo, que eu tinha era de colocar os termos na ordem direta: *Galia omnis est divisa in tres partes quarum Belgæ...* Pedi mais uma dose. Em sua homenagem, ilustre! Que você nunca saiba que todo o seu esforço para que eu compreendesse aquelas simples sentenças não renderia mais do que uns contos ordinários para onanistas de todas as idades.

Enquanto refletia sobre a composição da velha Gália, um cara tinha entrado na jogada, desses que têm na mais alta estima lojas de conveniência e avenidas movimentadas onde possam escancarar os bagageiros de seus carros e exibir sua seleção de músicas para uma noite perfeita.

O sujeito deu em cima dela e era melhor do que eu na arte do rebolado. Vislumbrei, por um instante, minha reação violenta e o otário beijando o chão com o rosto moído. Eu andara praticando um boxe ultimamente! Alguns *jabs* seguidos de um cruzado e ele iria rebolar aquele traseiro fedido numa ambulância rumo ao pronto-socorro. Não seria realmente mal dar um pouco de exercício aos meus músculos subutilizados, 1-2-1, 1-1-2. Com mais alguns quilos, mais alguns anos, eu poderia me tornar uma espécie de George Foreman pampeiro, dono de um direto preciso e demolidor. Instintivamente, subi minha guarda e esperei pelo gongo.

Mas ele não soou.

De onde eu estava, pude ver como ela lhe sorria; um bom sorriso, um sorriso cheio de promessas, apesar dos dentes pretos. O nocaute a meu favor no primeiro *round* feneceu sem ao menos uma moça de maiô cintilante a desfilar sua plaqueta. O trapaceiro grudou na boca vermelha, meteu a mão na bunda que me estava reservada. Uma luta para pesos-mosca de cabelo tratado e topetinho com gel. Eu, com meus 100 kg e a cabeça raspada, estava fora da disputa. A isso, em pugilismo, chama-se nocaute técnico.

Na minha consumação ainda havia espaço para um Natu. Definitivamente, uma primavera fodida. A rua me recebeu calada e condescendente. Pensei em gritar, pensei no Foreman retornando ao boxe como um lenhador gigante, no Muhammad Ali tremendo feito geladeira velha. Entrei no carro e tirei a corrente do volante, deixei um troco para o guardador. Encaixei a frente do rádio e o Sonny Rollins despertou com as luzes azuladas do aparelho. Um disco da sua juventude, acompanhado de bateria e contrabaixo, a confiança inabalável de seu sopro. Força. Força perdurável. Puxei uma garrafa de vinho que eu tinha deixado debaixo do banco do passageiro uns dias atrás. Dei um gole profundo. Quando já engolira uma boa parte, percebi que tinha avinagrado. Abri a porta e cuspi. Logo me veio um engulho e vomitei. Quem poderia me condenar? Sozinho, sem cinturão, semi-embriagado e falido. Segui pela Goethe, Ipiranga, Borges de Medeiros.

Seu Virtual, o vigia do meu prédio, estava dormindo: bem-aventurados os que têm paz de espírito e sono profundo. Sobreveio-me um arrepio, meu nariz começava a correr. No elevador, a porta pantográfica estava aberta: minha, somente minha prisão retrátil.

Já na cama, peguei um livro de fotos do David Hamilton, meninas na flor da idade, as peles de um rosa quase irreal, quase pintado, nus resplandecentes de um tempo em que a pedofilia ainda não havia sido inventada. Não estava funcionando. Apaguei a luz. Nada mais desolador que o silêncio de uma derrota. Nunca aprendi a acreditar em nada. Eu mal sabia o Pai-Nosso. Contudo, naquele instante, por incrível que pareça, senti que ter fé era uma questão de vontade, que mesmo eu poderia me iluminar. Quem sabe não fosse apenas uma questão de perseverança? Talvez eu só precisasse dar uma prova de minha devoção, como haviam feito todas aquelas ferozes figuras da Bíblia.

Ergui-me de um pulo. Eu sabia o que fazer. Subi a guarda como deveria ter feito no momento da provação, lá naquele boteco sórdido. Há, porém, sempre uma segunda chance para os que verdadeiramente se arrependem, dizem os pregadores. Avancei resoluto, os olhos fechados, confiante em meu jogo de pernas. Eu não precisava enxergar o alvo. Soltei dois *jabs* de direita como preparação e disparei um cruzado de esquerda, com toda a força, contra a porta do banheiro, que estava fechada. Minha mão atravessou as duas placas de madeira compensada e chegou no outro lado. Senti meus dedos e minhas juntas incharem. Trouxe a mão para o peito e me joguei de volta na cama.

Logo meu quarto foi invadido pelos gritos de uma mulher. Não era exatamente esse o tipo de *resposta* que eu esperava. Caminhei devagar e posicionei meu rosto junto ao buraco na porta. Era minha vizinha. As janelas de nossos banheiros estavam separadas por um exíguo fosso de luz. Augusta, ela se chamava. Era do tipo que está sempre à espera de uma oportunidade para começar uma discussão, uma daquelas criaturas cuja única fonte de alegria reside em aprovar emendas ao regimento interno do prédio nas reuniões de condomínio. Talvez há uns vinte anos tivesse tido algum charme. Agora, estava nitidamente acima do peso, usava perfumes e brilhantes duvidosos e, de resto, nunca conseguia falar num tom de voz normal.

O que está acontecendo aí? Você está louco?, ela ganiu.

Vá dormir! Não tem mais nada pra fazer?

Eu vou chamar a polícia! São quatro da manhã!

Ah, é? Pois vá em frente. Faça qualquer coisa que me garanta que vou ficar livre dessa sua papagaiada.

Olha aqui, seu moleque! Eu vou fazer uma moção para que expulsem você deste prédio. Você é uma vergonha para os outros moradores. Espere até a próxima assembléia!

Faça o que achar melhor. Deixe-me dormir...

Conheço o seu tipo! Não queremos bêbados por aqui!

Cala a boca, sua cretina.

Pronunciei a frase sem qualquer entusiasmo. Abri a porta do banheiro e fui até a janela do fosso. Ali estava ela, a carantonha e os cabelos desgrenhados se projetando para fora das esquadrias de alumínio. Estava a uns quinze centímetros da minha abertura. Se eu lhe desse um murro com a mão boa, não teria como errar daquela distância. Teria um pouco de paz, mesmo que precária.

Vou te expulsar daqui, seu desgraçado. Você vai ver só!, ela continuou.

Basta! Tira essa cara feia da minha frente.

Fui fechar minha janela, mas ela enfiou a mão, impedindo meu movimento.

Eu ainda estou falando com você, seu moleque!

Não hesitei mais. Esta era claramente minha segunda chance. Lancei um direto que pegou em cheio na região entre a orelha e a bochecha de Augusta. Ouvi o baque de seu corpo contra o chão. Pelo espaço anteriormente ocupado por sua cabeça, eu agora conseguia enxergar o espelho de seu armarinho. Lá estava meu rosto refletido.

O rosto de um santo.

Fernando Lobo

A razão também é uma espécie de cegueira.

Chang Li Tsu

Seguia sob o nome de Fernando Lobo e desde os vinte e dois anos ganhava a vida como professor de humanidades. Aproveitando-se de seu caráter explosivo e doutrinador, anteriormente utilizado na militância política e estudantil, logo ascendeu aos mais seletos colégios da capital da importante província de P.

Neste instante, protegido no conforto de sua elegante cobertura, deleita-se ouvindo os quartetos de Bela Bártok, prometendo à jovem que o acompanha (sua ex-aluna) *O sétimo selo* de Bergman. Anota mentalmente que é preciso, mesmo que fique tarde, mostrar a ela as questões fundamentais da concepção estética do diretor sueco. Sua namorada não pode dizer bobagens nas reuniões com seus amigos. Melhor mesmo que ela seja assim tímida, pensa — assustadiça. E sorri.

Saboreia sem pressa o vinho tinto que lhe custou uma pequena fortuna. No cinzeiro, a fumaça de um *puro* faz evoluções no espaço, erguendo-se sinuosa, seduzindo os pesados volumes que ocupam uma parede inteira de sua sala. Ele deixa escapar um esgar de prazer. Fernando Lobo tem para si que este é um domingo perfeito.

Olha para a garota estendida no sofá branco, seus cabelos negros e úmidos, derramados como petróleo sobre a almofada.

Ele era jovem e tinha vencido! Vejam todos onde ele está! Havia superado tudo: as duas falências do pai, a pobreza da juventude num bairro da periferia, a militante suja do PSTU com quem perdera a virgindade. Ele tinha feito uma escolha: a alta civilização ocidental.

Inebriado em seu orgulho desmedido, pensa em como fará de sua pupila realmente uma companheira à sua altura, em como vai prepará-la para ser capaz de discutir com ele as grandes obras de arte. Já havia arranjado para ela, através de uma rede de eruditos, um curso de francês, aulas de grego e até um seminário de introdução à psicanálise na APPP (Associação dos Psicanalistas da Província de P.), a única com reconhecimento internacional para tratar de temas lacanianos. Dessa vez as coisas dariam certo, pensa, alcançando a taça de vinho à namorada, que se senta e tenta prestar atenção no debate acalorado do canal francês, entender alguma coisa, mas percebe, instintivamente, que fingir já basta. Depois virá o momento Bergman, ela sabe.

Gosto desse vinho, será que ele também gosta ou bebe só pra se exibir, pra decorar o nome? Adoro esse sofá. Pena que o apartamento seja alugado. Morar aqui seria legal, perto de tantos bares bacanas, sair com as gurias na noite. Não sei o que aconteceu, era tão bom no começo, antes dessas músicas clássicas idiotas, desses filmes insuportáveis. Porque no começo, no começo era Beatles e *Laranja Mecânica*, e as coisas que ele dizia eram tão legais. Às vezes ele parece um velho com essa barba. Quem se importa? Quem se importa com esse monte de livros? Quando a gente só ficava, ele não vinha com esse negócio de "biblioteca básica de uma pessoa civilizada". E agora essa do curso de grego? As gurias não vão acreditar. Nem sei nem o que digo se uma delas descobre, que vergonha. Ih, jura que é executivo fumando esse charuto. Não pode ser normal um cara na idade dele só ter amigos de cinqüenta anos. E depois diz que eu sou tímida! Dizer o que para um cara de cinqüenta? Falar sobre os Strokes? E esse maldito filme agora? Ai, ele vai mesmo colocar. Todo fim de semana é isso. Que inferno! E depois ainda tem a palestra sobre o vídeo que a gente assistiu, como se fosse pouco duas horas e meia de chateação. Por que ele não me deixa ser quem sou? Tô cagando pra cultura, pra fazer uma faculdade decente. Queria estar na Austrália, visitar a Isa que já tá lá. Melhor voltar com o Dinho. Ele é burro como uma porta, mas nunca vai me dar uma edição bilíngüe do Dante de presente de aniversário.

Ela bebe mais um gole do cálice de vinho. Olha para Fernando Lobo, decidida a abandoná-lo o quanto antes.

Em cinco jornadas, voltará para o filho de um rico fazendeiro do interior, um contumaz *playboy* que desfila seu potente sistema de som automotivo pelas avenidas litorâneas.

Ao vê-la ali, dócil e sorridente no sofá, ele tem certeza de que seu projeto está se concretizando. Ela terá de fazer um sacrifício, pensa, um sacrifício pequeno, pois logo reconhecerá a superioridade de toda uma existência ao meu lado.

Põe o DVD no aparelho, julgando-se uma espécie de Hernán Cortés redivivo.

Quatro encontros

―●►◄●―

Quando me dei conta de que a resposta certa seria *não*, era tarde demais. Bebé, minha gerente editorial, perguntava se eu queria traduzir um conto longo de Henry James. E, apesar de ser meu primeiro dia de férias, já engordava minha bagagem com um dicionário, o texto original numa velha edição de bolso e um bloco de notas. Tratei de arrumar depressa uma desculpa para tamanha pusilanimidade: a onipresença do sistema bancário, o novo motor primeiro do meu mundo sem Deus.

Era meu último dia em Porto Alegre, antes de tomar o rumo do litoral. Havia anos eu sempre ia para a mesma casa, situada num balneário esquecido e mal pavimentado, cujo nome pitoresco não figurava nem sequer nos mapas de retransmissão das redes de tevê.

Levaria comigo Cláudia — minha mulher de janeiros —, única paixão que reconheço, casada havia milênios com um executivo americano que nessa época sempre voltava religiosamente para o norte, a fim de rever seus parentes. Sozinho.

Parei o carro na quadra seguinte ao luxuoso prédio em que ela morava. Cláudia vinha perfumosa, seus dentes grandes e sólidos brilhando como aquelas casas mediterrâneas ao sol a pino. Trajava um singelo vestido de algodão, que lhe dava tanta juventude e beleza que mal contive o desejo insano de me ajoelhar a seus pés (embora eu fosse acabar fazendo isso mais tarde, e com outros fins, em local privado).

— Trouxe a coqueteleira? — ela perguntou.

Abri o porta-luvas, e o reflexo do alumínio tingiu o carro de feixes prateados. Cláudia bateu palmas. Aumentei o som: a menor discoteca do mundo cruzando a Castelo Branco acima de qualquer limite de velocidade tolerável, rompendo o contínuo do tempo da estrada até a praia.

Raramente íamos ao mar. Cláudia passava estendida numa espreguiçadeira sobre o gramado, estabelecendo entre sua pele e o sol uma relação de concubinato que me despertava um ciúme brando — em mim, o sardento que a observava da varanda, no frescor da sombra, preparando-lhe drinques e escolhendo as palavras exatas para o James existir em português.

Nossa paz só era interrompida pelas aparições incertas de Fernando Lobo, um jovem professor que havia alguns anos veraneava na casa ao lado. Era um tipo estranho. Seu único assunto, que o enchia de uma fúria homicida, era a avenida principal da maior praia da região, onde dezenas de pessoas estacionavam os carros sobre os canteiros e abriam seus porta-malas equipados com alto-falantes infernais.

Nos dias seguintes, observei-o trabalhar com afinco em sua picape. Certa tarde, fez um sinal para que eu me aproximasse. Nunca antes havia entrado em seu quintal. Fernando instalava um estranho dispositivo entre a caçamba e a cabine. Ao lado do veículo havia várias pilhas de garrafas de vidro cheias de álcool, com buchas de pano nos gargalos.

Ao me ver, sorriu e disse:

— Estou planejando um ataque com coquetéis molotov. Vou dar um fim aos carros daqueles vermes abjetos. Há dois anos procuro um modo de dirigir e lançar os coquetéis ao mesmo tempo. Finalmente, desenvolvi este sistema com correias, que transportam as garrafas para dentro da cabine, acendendo-as, na passagem, por meio de uma chama-piloto alimentada a gás. Posso fazer tudo sozinho! Ah, maravilha!

Finda aquela tarde, não retornei mais ao seu pátio.

Um par de madrugadas depois, ouvi quando ele partiu, as garrafas tilintando.

Cláudia dormia.

Conan e a Organização

Para Mariana.

Por ora basta saber que fui convocado a participar do que se poderia chamar de uma ONG, ainda que meus superiores jamais pudessem concordar com designação tão aviltada para seu empreendimento. Gente muito seleta, meus superiores. Além do soldo vigoroso, freqüentemente me ofereciam lautos jantares, regados a vinho e mulheres de alta classe.

Depois de dois anos de heroísmo à surdina, e contando apenas com meus lastimáveis recursos para trazer um pouco de austeridade a esse mundo corrompido, eu precisava mesmo dar uma guinada em minha carreira.

E se é verdade que hoje me encontro restrito a um trabalho burocratizado, quem disse que a falta de poesia não pode ser compensada por um considerável acréscimo de violência?

Vejam o caso da tipa que acaba de entrar na sala, assustadinha a diaba, postura certamente distinta da que adotava em seus desfiles pela baixa da República, então convencida de sua condição de espécime raro, os cabelos de um violeta fulgente, as roupas recortadas e recosidas, sob medida para seu despótico senso de exclusividade. Agora ela chora baixinho, enquanto eu, seu verdugo, ponta-de-lança do processo civilizatório perpetrado por meus superiores, preparo-me para meus afazeres brutais.

Sinto seus olhos cravarem em mim, apelo a uma misericórdia que há séculos não me habita mais a alma. Numa das mãos, trago a máquina que dará cabo das mechas roxas que se armam e se expandem para depois descerem repicadas — semelhantes a um pé de babosa.

Na sala vazia, entre a aridez das paredes, ecoa apenas o barulho zombeteiro do motor do dispositivo. Quando as raízes dos cabelos não estão comprometidas, posso usar um pente *dois* ou *três*. No caso dela, porém, seria o contato metálico das lâminas.

— Podemos fazer isso do modo mais fácil — eu lhe digo.

Ela busca desesperada um dos cantos da peça. Sinto o medo que a menina exala como o cheiro extravagante do avesso exposto de certas frutas tropicais. É um terror palpável, que lhe eriça os pêlos e os mamilos. A camiseta da Organização lhe cobre o corpo até metade das coxas.

— Por que estão fazendo isso comigo?

Pego um pequeno tubo de óleo e lubrifico a máquina.

— Que lugar é esse? — ela insiste. — Não se aproxime de mim, seu filho da puta!

Nesse instante, menos de um metro nos separa. Ela faz menção de gritar, mas levo o indicador estendido à boca, para sinalizar que se cale. Um truque perfeito esse do indicador. Geralmente, elas ficavam tão horrorizadas que amoleciam por completo. Não é muito fácil cortar o cabelo de uma prisioneira rebelde. Às vezes, acabo tendo de machucar uma ou outra... O estatuto da Organização recomenda apenas que os danos físicos não exijam hospitalização. Noto, de imediato, que a menina não vai mais resistir. Tenho certeza disso. Logo se ergue o odor peculiar que não raro invade a sala. Baixo os olhos. Sobre o piso branco começa a se formar uma poça dourada. Ela leva as mãos ao rosto. Soluça. Sua urina tem um aroma fresco, quase agradável.

Foram muitos os que sucumbiram nesse afazer. Eu era o quinto executor desde que a Organização tinha se aberto para o mercado (no início dos anos 1990); e, com exceção do nosso grande patriarca fundador, que até o dia da aposentadoria cuidara pessoalmente desse processo {ele gostava de chamar a si mesmo de Incorruptível, como Napoleão [vi, certa vez, um grande quadro do imperador francês em sua sala secreta (creio que de autoria de um daqueles pintores românticos)]}, todos os meus antecessores haviam fraquejado. Não posso condená-los. É certo que um dia também me perderei, é certo. Procuro ter isso sempre em mente quando estou aqui na Sala Branca.

Agarro-lhe os pulsos com uma só mão e faço com que se ajoelhe sobre o chão molhado, mantendo-a na posição adequada.

— Se você não se mexer, termino logo.

Encosto a máquina na nuca da prisioneira, e o som agudo do aparelho se torna opaco, abafado pelos fios grossos que agora se desprendem, expondo a brancura pontilhada dos incontáveis brotos negros em seu couro cabeludo.

Duas horas depois, surge o Manimal arrastando uma nova prisioneira. Ela vem desacordada em seus braços.

— Mais uma para a remoção de *piercings* — ele me diz.

Despojar as prisioneiras de seus ornamentos: essa era a outra parte do meu trabalho. Quando entrei para a Organização, ainda havia um executor especializado para essa função, um sujeito formado inclusive em Enfermagem. Peço licença para eximir-me da descrição do triste fim que lhe foi dado. Fraquejou, e isso é tudo. Na semana seguinte à sua defenestração, convidaram-me para assumir o posto. Na ocasião, elenquei uma série de razões para declinar da oferta, mas os olhos baços do Patriarca pareciam refutar um a um os meus melhores argumentos. Lembro-me quando, por fim, ele disse com secura:

— Conheço a sua natureza, Conan, sei quem você é. Você é como eu.

O Manimal continua parado à minha frente. Percebo o modo malicioso como uma de suas mãos aperta o seio esquerdo da jovem. Ordeno que ele me siga até o local onde são feitas as extirpações.

A Sala do Ímã, como é chamada, deve ter no máximo uns 12 m² e é desprovida de janelas. O piso é revestido por uma película negra emborrachada. No centro da peça há uma mesa cirúrgica de aço inoxidável, secundada por uma mesinha sobre a qual estão dispostos os instrumentos necessários para as intervenções cirúrgicas. O único foco de luz provém de um refletor hospitalar posicionado logo acima da mesa. O brilho ofuscante do reflexo produzido no metal deixa ainda mais coesa a escuridão abissal do resto do ambiente.

Bastaram dois meses para que eu me sentisse capaz de extrair qualquer tipo de ornamento. Passei a dominar com habilidade surpreendente o uso do bisturi. Um pique de nada e já se ia a peça. Vez ou outra, dependendo do grau de comprometimento que o alternativismo tivesse provocado na mente da prisioneira, eu me via obrigado a lançar mão de um alicate de dentista — para fins puramente didáticos, é claro. Nada como a precaução preventiva instaurada pela lembrança da dor, o aprendizado pelo sofrimento, o papel salutar do trauma, conforme pregava nosso Patriarca. Esse foi o caso da Primeira-Dama. Por ser ela muito jovem, o Sucessor (filho do Patriarca) me recomendou que lhe aplicasse o alicate, que não tivesse piedade, pois, afinal, a menina tinha potencialidades e, dependendo da sua reeducação, talvez ele a tomasse para si. A Primeira-Dama ainda traz irreparada a cicatriz na aba esquerda do nariz.

O Manimal depõe a prisioneira sobre a mesa.

— Tive de usar clorofórmio — ele me diz. — Era do tipo resistente.

Centro o foco de luz sobre o rosto dela. Não é feia. O cabelo foi arruinado por um descolorante. Traz no nariz uma argola que lembra as que as vacas usam nos desenhos animados. Além disso, suas orelhas foram deformadas por dois círculos de madeira que, com impraticável indulgência, talvez pudessem ser aceitos numa índia genuína da Amazônia, mas jamais naquela cara pálida citadina, cujo único contato verdadeiro com índios se dava no Brique da Redenção, quando os silvícolas vinham aos domingos vender suas cestas de vime e corujinhas e tartarugas de madeira talhada.

— *Ok*, Manimal, você já pode sair.

Manimal sempre tenta ficar até o momento em que as dispo. De fato, ele não passa de um amador, e jamais conseguirá internalizar o espírito da Organização. Coça efusivamente suas enormes costeletas e implora de modo acintoso para que eu o deixe ficar. Lembro minha adolescência e acabo cedendo. Desconsidero seus vinte e quatro anos. É inegável que simpatizo com a idéia de que ele me seja uma espécie de Calibã.

— É toda sua — eu lhe digo —, mas tome cuidado com o que você vai fazer com as mãos. Não tente nenhuma bobagem.

Enquanto Manimal lhe remove a camiseta branca, ponho-me a conferir as correias de couro com as quais a mesa está equipada: uma para cada extremidade dos membros. É preciso ajustar bem as fivelas; um descuido pode provocar um desastre. A moça está nua. Suas roupas originais tinham sido removidas no setor de triagem, que é para onde as cativas são levadas após a captura. Manimal não tira os olhos dos pêlos lustrosos e negros que se expandem sem controle virilhas afora. Havia tanto tempo não se deparavam com uma tesoura que era impossível, sem o auxílio dos dedos, enxergar qualquer carne. Provavelmente, foi o que também pensou Manimal, pois, quando dei por mim, ele já seguia com o indicador e o médio esticados, como se fossem uma pinça em direção ao corpo da prisioneira.

— Isso aqui não é uma clínica ginecológica. Agora basta. Caia fora!

Quando estou saindo da sala, a Primeira-Dama vem ao meu encontro. Ela é responsável pela parte de reeducação estética das prisioneiras. Cuida para que se vistam decentemente e assistam a bons filmes. Nesse esforço, soma-se a ela o temível professor Fernando Lobo, piromaníaco foragido, que lhes ministra aulas de literatura, história e filosofia aristotélica.

Ela segura meu braço e me puxa para um canto. Sinto que alguma coisa está errada.

— Minha turma está superlotada, Conan. Nunca tivemos tantas prisioneiras no complexo.

Encaro-a em silêncio.

— Não sei se teremos condições de controlá-las, caso alguma coisa aconteça.

— Como assim?

— Surpreendi um grupo de garotas combinando alguma coisa no refeitório.

— Você já alertou o Sucessor?

— Aquele só pensa no dinheiro que está tomando dos papais burgueses.

Espio a sala sem nenhum lugar vago. Devia haver umas vinte meninas ali dentro.

— Acha mesmo que elas podem tentar um motim? — pergunto. — Isso nunca aconteceu antes.

A Primeira-Dama abre o casaco de couro e me mostra duas granadas presas ao cinto. Eu pensava que qualquer tipo de arma de fogo fosse proibida nas dependências do complexo. Lendo a surpresa em meu rosto, ela me diz:

— Peguei no arsenal secreto do Patriarca. Apenas por precaução.

— Mas quem poderia comandar essa revolta?

— Lembra aquela menina que chegou há um mês, uma de cabelos repicados?
— Seja mais específica! Chega uma dessas por dia.
— Sim, mas essa é diferente. Chama-se Francis. Faz questão de falar apenas em francês. Jura que é uma daquelas cantorinhas de rock dos anos 60.
— Acho que sei quem é. Ela não tem uma tatuagem que diz "*Françoise Hardy toujours*"?
— Sim, ela mesma. Por duas vezes me desafiou em sala de aula. Outro dia tive de esbofeteá-la.
— Ela não me parece capaz de liderar coisa alguma...
— Acredite em mim. Não custaria nada colocá-la na solitária. Falei com o Sucessor, mas ele acha impossível que algo aconteça.
— E o Patriarca?
— Você não sabe?
— Não.
— Ele viajou. Parece que está doente. Câncer terminal. Não sei o que faremos. Não confio em meu marido para tocar esse negócio. O Patriarca enfrentou de tudo: existencialistas, *beatniks*, *hippies*, *punks*, *darks*, *grunges*. Seu filho não parece capaz de dar conta nem de meia dúzia de garotinhas *indies*.
— Escute, vou dar uma olhada no depósito e no setor de confinamento. Depois, vou até a Diretoria. Eu falo com o Sucessor. É melhor você ficar de olho nas suas alunas.

Sigo pelo corredor e logo um clarão o ilumina. É a sala de Fernando Lobo. Sua pedagogia é bastante simples. No centro da sala, entre o quadro-negro e as alunas, ele arma uma pilha de CDs com os artistas preferidos das mocinhas: Belle & Sebastian, Franz Ferdinand, Los Hermanos, Camille etc.

Em seguida, equipa-se com seu lança-chamas e as aguarda. Aos poucos elas começam a tremer, em função da longa abstinência das canções que as definem como pessoas. Até que, indômitas, lançam-se em direção à pilha. É quando ele aciona a chama de sua arma, pondo fogo em todos os discos. A maioria das meninas recua, mas sempre há uma ou duas que se agarram alucinadamente aos plásticos derretidos, sofrendo sérias queimaduras nas mãos.

Inspeciono o depósito e tudo está tranqüilo. As caixas de tênis All-Star estão intocadas. No setor de confinamento há cerca de dez prisioneiras. Aparentam certa tranqüilidade ao me ver. A garota mencionada pela Primeira-Dama não está ali. Sigo até a sala do Sucessor. Algo estranho está acontecendo. Escuto gemidos indisfarçados. Pela porta entreaberta, posso ver uma menina montada sobre ele, que está sentado na cadeira giratória. É Francis.

Antes que eu possa esboçar qualquer reação, vejo-a pegar rapidamente o luxuoso abridor de cartas sobre a mesa e transpassar o pescoço do Sucessor com um só golpe. O homem emite um ronco profundo, e o sangue começa a escorrer por sua camisa. Escancaro a porta e me enfio recinto adentro, lançando-me na direção da garota. Com uma manobra rápida, ela se desvencilha dele e consegue passar ao outro lado da cadeira, chegando ao sistema de som central. Choco-me contra o obstáculo entre nós, embolando-me com o corpo inerte. Ela retira um CD de um forro costurado na parte interna da camiseta e o coloca no aparelho. Ponho-me de pé, mas já é tarde. Ela aperta o botão do *play* e gira o controlador do volume até o máximo. As paredes da Organização vibram. Não sei por que essas malditas alternativas não conseguem deixar os Beatles em paz. Cerco-a. Seguro seu pescoço com uma das mãos e a ergo do chão. Logo seu rosto começa a escurecer. Suas pernas balançam no ar, suas mãos tremem. Por todo o prédio se podem ouvir os gritos das rebeladas. A música era o sinal. Os dois homens da segurança jamais poderiam dar conta das cinqüenta ou sessenta jovens que agora abrigávamos. Aperto o pescoço de Francis até sentir que alguma coisa se quebra. Não pensei que isso fosse tão simples. Jogo-a junto ao Sucessor. Lembro-me da Primeira-Dama e corro em direção à sua sala. A essa altura, algumas das prisioneiras já deviam ter alcançado a rua. Seríamos denunciados, mas não me importava. A verdadeira barbárie é um estágio alcançado somente por quem não tem mais nada a perder.

No caminho, encontro uma garota que está nitidamente desorientada. Ela me olha quase com doçura. Parece inofensiva. Seu pescoço cede muito mais facilmente que o de Francis.

Ouço gritos vindos da sala da Primeira-Dama. Vejo-a correr porta afora.

— Afaste-se! — ela berra.

Lembro-me das granadas e me lanço ao solo. As duas detonações ocorrem quase que simultaneamente. Por um instante, uma densa cortina de pó se ergue. O som dos lamentos que vêm da sala é horroroso. Tateando entre as caliças, por fim a encontro. Tem um ferimento feio na perna. Seu rosto também está ensangüentado. Enquanto trato de socorrê-la, duas ou três meninas saem cambaleando pelo corredor.

— Vamos! — eu lhe digo. — Precisamos sair daqui.

Passo um de seus braços em volta de meus ombros, escoro seu corpo. Mais adiante, um disparo da chama de Fernando Lobo ilumina as paredes escuras.

Com a arma, ele faz um gesto para que avancemos. Na passagem, olho rapidamente para dentro de sua sala. Pelo menos oito corpos carbonizados.

— Podemos usar a saída da casa de máquinas — ele diz.

A Primeira-Dama cai desacordada. Passo-a sobre minhas costas. Próximo ao nosso objetivo, há pelo menos umas dez meninas dedicadas a um carnaval sangrento. A seus pés está o pobre Manimal, cravejado por todos os *piercings* que estavam guardados em uma caixa no depósito. Haviam vazado seus olhos. Todas chutam seu corpo, uma delas lhe pisoteia as partes. Não nego que talvez pudéssemos salvá-lo, mas seria arriscado demais. Enquanto elas estivessem entretidas com o motim, teríamos uma melhor chance de alcançar nossa porta.

Fernando Lobo segue na frente e se posta além da entrada. Assim que toco a maçaneta da salinha, ele me diz:

— Tire-a daqui.

— E você? — pergunto.

A luz da chama-piloto revela um sorriso perturbador em sua face.

— Tenho ainda bastante combustível.

— Esta é uma batalha perdida. Aqui e lá fora. O Patriarca vai morrer. O Sucessor está morto. Agora nós é que somos as aberrações do mundo, Fernando!

— Fuja. Tome. Pegue a chave da minha caminhonete. Esconda-se na minha casa até que as coisas se acalmem. Lembra aquela praia de que lhe falei? O número e a rua estão no chaveiro dentro do porta-luvas. Eu imaginava que um dia isso pudesse acontecer. Desapareça! Vá! Vá duma vez!

Troco a Primeira-Dama de posição e a levo no colo, esgueirando-me por entre o enorme motor do ar-condicionado e a caldeira movida a óleo. Antes de abrir a porta de ferro que dá para a rua, escuto o grito furioso do último membro da Organização.

Lá fora as sirenes da polícia alteram o equilíbrio da pacata manhã na Rua Coroados.

A lição do vôo do morcego

Caro professor,
Durante anos, utilizei-me de suas inestimáveis *lições*, obtendo enorme sucesso, mesmo nas situações mais adversas. Seu livro *Epistemologia para bares, coquetéis e vernissages* me salvou de uma existência miserável. Isso por si só já seria motivo suficiente para lhe dever minha eterna gratidão (...), mas, para entrar logo no assunto que me leva a escrever esta carta, devo confessar que, de uns tempos para cá, venho fracassando rotundamente em todas as minhas tentativas. O fato é que seu sistema de frases sublinhadas para aplicação na hora da conquista, que parecia infalível, não tem mais funcionado. Coleciono, até o presente momento, meu sexto fracasso consecutivo (...). Misteriosamente, as mulheres por aqui desenvolveram um novo tipo de pseudo-intelectualidade muito ligada ao universo cinematográfico.

Encerro esta missiva entregando-lhe toda minha sorte e esperança (...). Somente o senhor poderá me salvar do desprezo e da solidão.

Cordialmente,
Um amigo dos pampas.

Era a décima carta de igual teor que eu recebia em menos de um mês. Há mais de dois anos estou afastado do circuito internacional de cursos, palestras e *workshops*. Recentemente, havia decidido, inclusive, não mais escrever nem atualizar meus catorze livros e inumeráveis publicações avulsas. Acredito, de fato, ter cumprido a missão a que me propus, sendo mais do que justa a aposentadoria de que hoje gozo em terras americanas.

Um dos grandes segredos da vida é saber a hora certa de parar. A obra de uma existência inteira pode ruir em um mau passo no momento derradeiro.

É difícil, no entanto, manter-me indiferente aos apelos sinceros de meus seguidores em tão remota região do globo. Lembro que cerca de dez anos atrás estive nesse improvável local chamado Porto Alegre, ministrando algum *workshop*, acredito. Desde essa época, e não posso precisar por quê, venho recebendo um sem-número de cartas, sempre recheadas de agradecimentos e doações espontâneas de dinheiro para nossa fundação filantrópica Amigos do Saber.

Tempos passados. Agora, o conteúdo tem sido outro. As reclamações têm girado uniformemente em torno de um novo tipo de pretensas intelectuais que se prolifera pelos bares da cidade. Eles, em suas queixas, as descrevem como "cinemeiras". Embora essa me seja uma definição estranha, posso entender o que significa. Segundo os testemunhos, as cinemeiras estão imunes às minhas tradicionais abordagens, o famoso método das expressões sublinhadas, que garantiam o êxito no momento da conquista.

Ao longo dos anos, preparei três sucessores, mas não creio que lhes possa confiar missão tão complexa. Se por um lado será um gasto absurdo de tempo, força e dinheiro viajar até o Sul do Brasil, por outro poderia considerar esse desafio como o último, um desafio para meu deleite, uma última e definitiva vitória pessoal sobre a arrogância e a desmedida das que nada sabem senão posar.

Chego em Porto Alegre e me ponho a fazer anotações. Logo, com a ajuda de alguns simpatizantes, descubro a causa de tanta perturbação: em menos de dois anos foram abertas duas faculdades de cinema numa região onde não se produz nada além de uma meia dúzia de curtas-metragens por ano. Assim, parece-me inevitável que, não tendo onde exercer sua profissão, façam-no em bares, quando não em eventos publicitários onde todos, sem exceção, confessam-se roteiristas, montadores, assistentes e diretores.

Nas primeiras três noites, sou levado aos locais onde se proliferam sem controle as tais cinemeiras. Vejo que elas têm predileção por óculos de armações pretas de plástico, largas e grossas, geralmente com lentes quadradas. No que diz respeito aos penteados, não apresentam maior novidade: variações sobre os cortes repicados e fivelinhas que usam as garotas alternativas convencionais.

Depois da pesquisa de campo, peço para ficar sozinho, a fim de pôr em prática a virtude de minha técnica. Para montar minhas lições, testando, evidentemente, sua validade como experimento científico, procuro abordar (e conquistar) pelo menos três mulheres bastante diferentes, buscando, sempre que possível, encontrar espécimes que cubram as mais variadas gamas de contaminação pela impostura intelectual do momento. Escolho também outras duas intelectuais de tendências variadas (pretensas conhecedoras de música, literatura, moda); é preciso, afinal, quando se procede com rigor, manter um grupo de controle.

Em uma semana, dou a questão por resolvida. Não posso negar que enfrentei certas dificuldades no processo, principalmente porque fui obrigado a assistir a filmes tediosíssimos, pelo menos uma dezena de obras duvidosas ou superadas que me maçaram ao extremo. No apêndice desta lição, assim que ela for devidamente publicada, vocês encontrarão resumos importantes de seis filmes iranianos, um quadro explicativo da *nouvelle vague* e a filmografia completa de Amos Gitai.

O que segue, em versão ainda não aprovada pelo FDA, é a parábola que chamarei de *Lição do vôo do morcego*. Lembro, novamente, que as frases indefectíveis estarão sublinhadas. Espero que meus ensinamentos possam suprir suas urgências.

Observo uma jovem que traz a mão perto do pescoço, brincando com um pingente dourado, de tamanho médio, em forma de claquete. Tem um olhar distante, mas percebo que faz parte de sua composição de personagem. Está lá o mil vezes visto par de óculos com aros pretos de plástico. Aproximo-me devagar, não posso assustá-la. Apresento-me e digo que fiquei curioso com sua claquete, pergunto se ela faz cinema.

— Não, mas vou trabalhar como assistente de direção em um curta para a televisão na metade do ano. Também vou dar uns palpites no roteiro.

— Conhece aquele livro da <u>oficina do García Márquez</u>?

— Sim, claro. Eu já fiz dois cursos de roteiro.

— Isso é ótimo. Mas o importante mesmo é <u>a visão pessoal que se tem da arte</u>.

— Você está falando dos grandes diretores?

— Sim, mas também de quem pode decidir os rumos de um filme. Como você, por exemplo. (Qualquer função exercida por ela deve ser *decisiva*, mesmo que seja de figurante.)

Ela sorri (é certo que sorrirá, cavalheiros). Prossigo:

— O que você acha de <u>Truffaut</u>?

— Sou uma garota Goddard. (Controlem o riso! E tenham em mente dois ou três filmes de cada diretor. Elas nunca irão além disso.)

— Gosto muito de *Acossado* — digo.

— Prefiro *Alphaville*. Ah, a *nouvelle vague*... (Exclamações são um bom sinal. Deixem a conversa respirar. Sigam o esquema de associar diretor a obra. Isso dará a elas confiança, segurança e bem-estar. E de quem será o crédito por todas essas sensações? Aproveitem o momento para falar em Tarantino. Mas é preciso dizer algo de novo a esse respeito. Vejam como é fácil.)

— Já ouviu falar em <u>Bakhtin</u>?

— Não. É um diretor novo?

— Um teórico russo. Creio que se possa utilizá-lo para lançar <u>uma nova visada sobre Tarantino</u>.

— Sério? Fale mais.

— Bakhtin, em um de seus livros, monta o <u>conceito de carnavalização</u>. Mas o que seria esse conceito? (Pergunta retórica mata!) A mistura total de estilos em uma só obra, obedecendo à lógica do carnaval. Pois o mestre russo diz que <u>o carnaval aproxima, congrega e combina o sagrado com o profano, o elevado com o baixo, o grandioso com o insignificante, a sabedoria com a estupidez, o bem com o mal e o sério com o cômico</u>. Não lhe parece que é exatamente isso o que faz Tarantino?

— Genial. Consigo ver exatamente isso em *Kill Bill*. Carnavalização... (Agora a mudança brusca, embora friamente calculada, de assunto.)
— E você, não pretende dirigir um curta? — pergunto.
— Claro, mas ainda estou ganhando experiência.
— Ora, experiência... Você me parece pronta. Você tem <u>visão, noção e percepção desenvolvidas</u>. Precisamos de vanguardas, precisamos de <u>experimento, e não de experiência</u>.

Ela toca sua claquete. Por sua postura, vejo que está mais à vontade.

— Sabe — continuo —, precisamos de mais criatividade, precisamos de mais <u>Charlie Kaufman</u>.
— Sim, sim. Nossa, só de conversar com você me sinto empolgada, me sinto disposta a escrever uma dúzia de roteiros. (Bem, cavalheiros, para tudo há um preço...)
— Adoraria ler um de seus roteiros.
— Tenho um no carro. Você me espera se eu for buscar.
— Claro.

Ela se levanta e caminha em direção à porta. Sua roupa foi recolhida em um brechó. Preparo meu espírito para a parte dolorosa do trabalho. Essa questão do roteiro, porém, permitirá que a parte mais difícil da missão se realize: tocar o corpo da menina ainda aqui no bar.

Logo ela retorna extravasando felicidade. Há um velho teórico, Espinas Castelo, que pregava que todas as pessoas que freqüentam um bar estão, de fato, em busca de público. Sei que a muitos parecerá por demais ortodoxo tal pensamento, mas há em seu cerne uma inegável verdade, ainda mais se considerarmos o ato sexual — seguindo a linha da Escola de Toronto — como *performance*.

— Aqui, olhe — ela diz. — Tem certeza de que não vai ficar chateado de ler? Faltam ainda um ou dois tratamentos.

— Imagine. (Durante a leitura, é preciso controlar muito bem as expressões da face. O menor sinal de aborrecimento pode ser fatal. Sei que alguns de vocês podem estar se perguntando como proceder a essa altura, caso elas não tenham um roteiro em mãos. Confiem em mim! Elas sempre terão. As cinemeiras são como os poetas!)

Começo a leitura e, às cegas, avanço vagarosamente minha mão até sua coxa. É preciso usar o radar dos dedos, cavalheiros; deixar, sem tirar os olhos do papel, que os pontos certos sejam tocados. (Um dos grandes problemas dos que passam a mão é se utilizarem de uma técnica grosseira e rudimentar. O toque da mão deve ser calculado com a precisão do vôo cego de um morcego.) Ela se debruça sobre meu ombro para também acompanhar a leitura. Seus cabelos roçam de leve o meu rosto. Sinto seu perfume caro.

— Para essa cena — e aponta com o dedo —, pensei em algo meio Lars von Trier.

— Perfeito — concordo. — <u>Uma proposta despojada e agressiva</u>.

— Pós-*Dogma*. Será que consigo?

— Claro! (E a mão avançando para o local de onde emana o calor.)

— Para ser bem sincera, eu queria fazer algo no estilo Bergman.

— Bergman? (E aqui valerão aquelas terríveis e maçantes horas gastas em frente ao vídeo.)

— Sim, o *mestre*. Nossa, faz tanto tempo que não vejo um de seus filmes.

— Veja só, estou com um *Persona* no carro. A gente poderia ir a algum lugar para assistir ao filme, que acha? Aí trabalhamos no seu roteiro.

— Ótimo. Parece uma grande idéia.

— Sério? Adoraria ouvir você falar sobre <u>o aniquilamento do *self* em Bergman</u>.

— Nossa! Não sou também nenhuma especialista.

— Não precisa. Você tem <u>sensibilidade</u>.

— Que sorte ter conhecido você. Os caras aqui não entendem nada de cinema.

— Mas entenderão...

— O que você disse? — ela pergunta um tanto surpresa.

— Nada. Bobagem. Liv Ullmann nos espera.

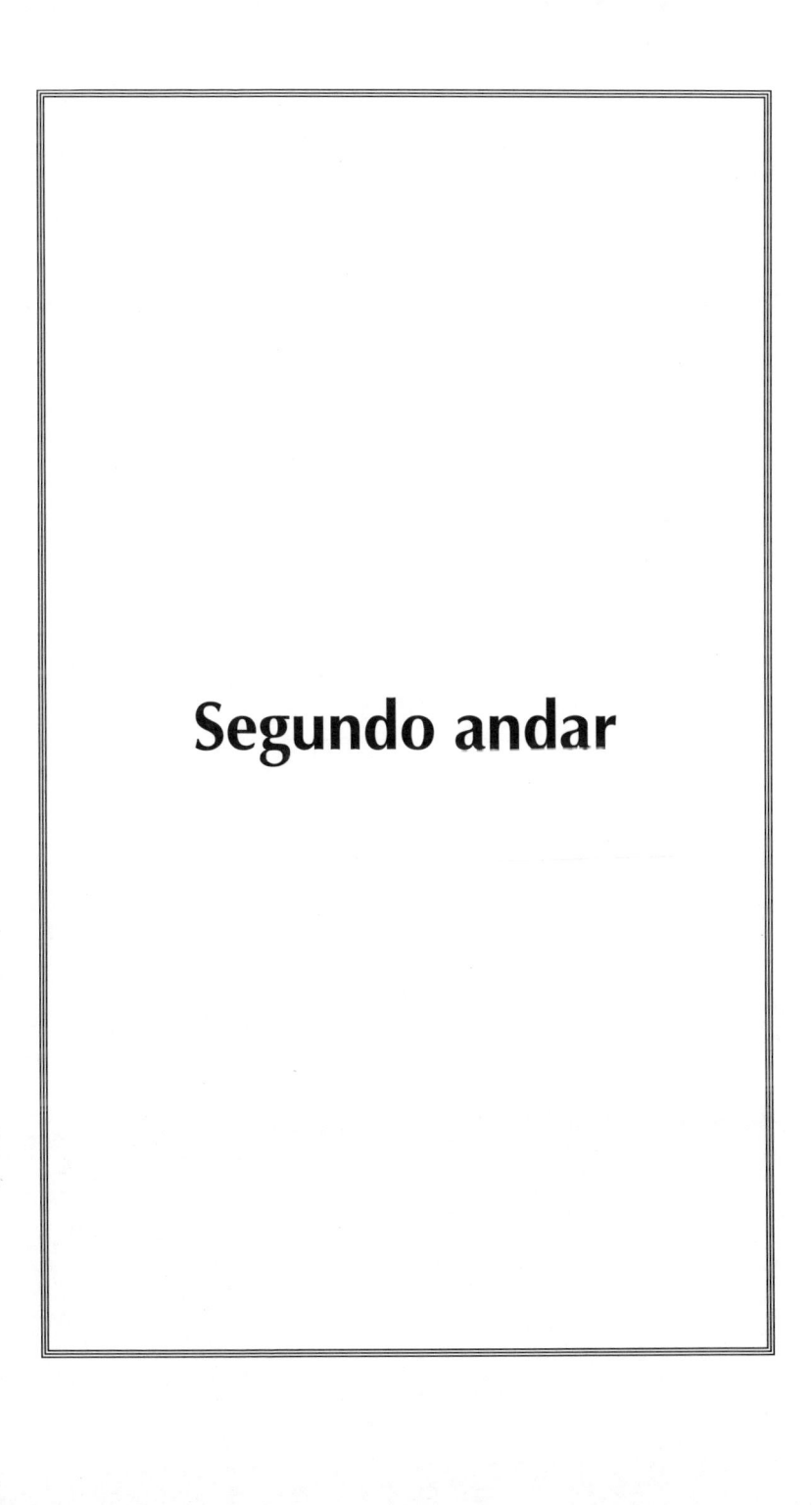

Segundo andar

Dois andares: Acima!

> *Superb... Two steps: Ahead is a post-modern masterpiece.*
>
> DAN KERMODE — DOWNBEAT MAGAZINE

Dois andares: acima é o nome do disco de jazz que nunca gravei e que lançaria hoje, esta noite, caso o tivesse gravado. Um disco tardio, diriam os dois últimos críticos em atividade.

No auditório para duzentas almas, divisei, com um rápido olhar, as poucas e solitárias cabeças que se erguiam da escuridão dos assentos como orquídeas brancas da vegetação sombria.

Voltei-me para ver se o baterista estava pronto. Sua demora em iniciar a contagem me irritava de maneira descabida. Ele parecia procurar alguma coisa entre as ferragens dos pratos, criança em busca de ovos de Páscoa. À sua direita, o baixista, usando uma bombacha odiosa, mantinha um sorriso dócil. No canto esquerdo, o pianista fingia compenetrar-se nas indicações da partitura que logo iria ignorar. Por não haver cachê, eu deles nada podia exigir.

Ao primeiro toque das baquetas, retomei meu lugar, levando a boquilha aos lábios. Alguém fez piscar três pares de luzes coloridas sobre nós. Um microfone oxidado brotava solitário do pedestal no centro do palco. Pensei, ao me aproximar, em um girassol sem pétalas, plantado, como eu, no mais equivocado dos lugares.

Um brilho difuso percorreu o metal retorcido e as madrepérolas sob meus dedos opacos.

Cidade Fantasma

Agora Carlos. Há uma semana Laura. Em menos de dez dias, partiam duas das três pessoas que me ajudavam a suportar com alguma dignidade não só minha rápida decadência física, como também a fase terminal da cidade em que eu vivia. Quanto à primeira decadência, começara havia pouco: tremores, cãibras, fraqueza e dores nas pernas, que se foram espalhando corpo acima antes que qualquer médico — mais longeva raça de charlatães — conseguisse me fornecer um diagnóstico preciso. A segunda (a da cidade) se dava de modo mais lento, embora não menos constrangedor.

O que será preciso para que se decrete a morte clínica de um lugarejo? Que tipo de sinais vitais devem ser monitorados?

Resolvi me ater a um critério básico, muito mais relevante que os indicadores econômicos e de desenvolvimento da ONU: meus amigos partiam para não mais voltar. Antes Laura, agora Carlos, em três dias Cláudia, a última pessoa que me visitara. Eu já não encontrava forças para o que antes fazíamos em tantas e tão longas tardes. Hoje, após me extrair por meio da boca a seiva, anunciou:

— Estou indo para os Estados Unidos com o Michael.

Cláudia vivia com um homem mais velho, que lhe pagava as contas. Guardei o sexo frouxo. Nos cantos de sua boca tinham restado pequenas partículas brancas que lembravam açúcar de confeiteiro.

— Ele vai para Denver, trabalhar com uns parentes — ela continuou.

Eu não disse nada. Finalmente, ela passou o dorso da mão nos lábios e voltou a ter um aspecto menos cômico.

— Hoje é nosso último encontro — ela disse. — Preciso providenciar uma série de coisas nos próximos dias. Não imagina o que é a papelada para uma viagem dessas.

Ela se levantou e foi até o banheiro escovar os dentes. Havia uma espécie de quebranto naquele som que para o *outro* se apagava na rotina diária dos sons corriqueiros. Aqui ele era exótico e vigoroso e por esse motivo reconfortante.

Ao retornar, sua boca parecia um pouco inchada.

— Você não pode se separar dele e ficar aqui comigo?

No mesmo instante me arrependi do que tinha dito. O que eu lhe pedia não fazia parte do universo de nosso relacionamento. Um espasmo fez com que minha perna direita desse uma espécie de coice no vazio. Ela virou o rosto de modo bastante discreto, para não ver minha debilidade. Seus olhos, desafortunadamente, pousaram bem no canto da parede onde estavam escoradas minhas muletas.

— Vou botar um CD da Nina Hagen para a gente ouvir — ela disse, rompendo o silêncio.

Cláudia venerava cantoras dos anos 80 que tinham, havia muito, deixado de ser sucesso. Sua preferida era Susanne Vega. Mas gostava também de Sinéad O'Connor, Tracy Chapman, Grace Jones e Cindy Lauper. Por vezes eu me perguntava se seu gosto era sincero, ou se ela o havia moldado para que pudesse ter um traço distintivo, uma característica exótica que contribuísse para constituir a imagem que fazia de si mesma. Em outros tempos, tais elucubrações me serviriam de entretenimento por horas. Contudo, agora, tomado pela urgência de minha imobilidade iminente, isto me parecia secundário, já não me importava que ela fizesse tipo, queria apenas tê-la ao meu lado.

Quando o *punk rock* alemão invadiu a sala, olhei-a com toda a candura que pude reunir.

— Por que você não vem comigo? — ela perguntou. — Não há mais nada para a gente nesta cidade.

— Sim, imagine a cena maravilhosa: o marido, a mulher e o amante paraplégico.

Ela sorriu meio sem graça. O sarcasmo, como todas as coisas, tem seu tempo certo debaixo do sol. Acendeu um cigarro. O clique metálico do isqueiro me trouxe à mente a imagem de seu corpo bronzeado, estendido na espreguiçadeira. Nosso último verão. Coquetéis gelados que eu lhe preparava, cigarros que eu lhe acendia, o modo sutil como Cláudia expelia a fumaça, técnica presentemente repetida e que me fez por fim lhe pedir também um cigarro.

— E desde quando você fuma?

— Resolvi que já era hora de ajudar os médicos.

— Como assim?

— Experimente fazer uma consulta para qualquer doença. Antes de mais nada, eles vão perguntar se você fuma. Tudo o que querem ouvir é uma resposta positiva. O único diagnóstico a que são capazes de chegar é de que o cigarro faz mal para a saúde. Pois bem, para evitar que toda a classe se sinta frustrada por não conseguir me dar sequer um remédio para aliviar a dor, estou lhes dando o que precisam.

— Não conhecia esse seu lado gentil.

Fiz-lhe uma mesura cheia de salamaleques. Cláudia desandou a rir. Sua gargalhada era gostosa, fazia com que seus cabelos crespos e selvagens se mexessem muito, lembrando um arbusto revolto por algum pequeno animal silvestre. Como eu poderia ser privado inclusive disso?

Fumamos um tempo, calados. Eu não sabia tragar. Fumava o cigarro como se fosse um charuto. A Nina Hagen gritava com convicção suas saborosas verdades de duas décadas atrás. Todas as lembranças do início de minha adolescência ocupavam o planeta em torno do qual essa música orbitava, um planeta perdido nos confins de uma galáxia extinta. Lembrei-me de um verso do Octavio Paz: "*También la luz en sí misma se pierde*".

Antes que a melancolia arruinasse de vez o progresso da tarde (quadro bastante comum para quem mal pode andar), recordei, já sorrindo, que a Nina havia gravado com o Supla *Linda garota de Berlim*.

— Do que você está rindo? — ela perguntou.

— Nada em especial... Cláudia?

— Diga.

— Provavelmente não voltaremos a nos ver, não é?

— Por que você diz isso?

— Tua viagem... Essa minha doença...

— Quantas vezes já te falei que isso que você tem me parece psicológico? Eu sei que não pode ser nada grave. Alguma coisa me diz isso. Por que você ainda não foi procurar um psiquiatra?

— Li boa parte do Freud.

— Não é a mesma coisa.
— É, realmente não é. Posso te fazer um pedido?
— Diga.
— Quero gravar um vídeo teu.
— Vídeo?
— É coisa simples, prometo.
— Que tipo de vídeo?
— Um em que você tira a roupa e me mostra tudo.
— Você está louco? O que vai fazer com um vídeo desses?
— Que importa? Não se preocupe. Mesmo que quisesse, não tenho ninguém a quem mostrar. Em meia hora liquidamos a questão.
— O quê? Quer gravar esse vídeo agora?
— E quando mais, Cláudia? É nosso último encontro. Pense nas noites que me restam. Pense na vida que me resta.

Ela me olhou um tanto contrariada, mas nenhuma mulher teria coragem, num momento como esse, de dizer não a um pedido tão direto e inofensivo.

— Tudo bem, farei o que você quer, mas nos poupe o drama.

Pedi para ela me alcançar a filmadora. Enquanto eu a enquadrava, levou os dedos ao botão mais alto da blusa. Afastou-se uns dois metros e começou a tirar a roupa devagar. Por sorte, ela não se lançara em rebolados e caras e bocas. Agia como se eu a tivesse instruído. Despia-se sem alarde. Logo, as grandes sardas de seu colo se impuseram em sua desordem de pintas de pele de onça. Depois, Cláudia abriu o sutiã com um dispositivo frontal, e seus seios, pequenos, cederam pouco, pois quase nada pesavam os sutis mamilos acobreados.

Os botões iam abandonando as casas, e sua barriga apenas lisa não tinha a odiosa definição virilizante das academias. Ficou somente de calças. Deu-se ao luxo de dedilhar um pouco o botão que despontava cintilante no negrume do brim, antes de abri-lo. O branco de sua calcinha, ato contínuo revelada, confundiu por instantes o ajuste automático de luminosidade.

Incapaz de me conter, estendi o enorme visor lateral da câmera para cobrir meu rosto. Não queria, de modo algum, que ela visse minhas lágrimas.

Foi de fato nosso último encontro. A cada manhã, eu perdia mais e mais os movimentos e a sensibilidade nos pés. Quase ninguém me ligava. Passei a pedir as compras ao quitandeiro da esquina, que me deixava as encomendas junto à porta. Dois dias antes eu tentara a sorte com o último médico que eu me prometera ver. Falou em uma possível internação, em uma nova bateria de exames, em me submeter a uma punção na coluna. Eu lhe disse que estava farto. Mostrei-lhe a grande pasta em que carrego tomografias, ressonâncias magnéticas, eletroneuromiografias, cintilografias ósseas, *ecodopplers* e uma lista completa de exames laboratoriais. Foi quando ele me atacou com uma conversa sobre o modo como cada um de nós percebe e interpreta as sensações do corpo. Se pudesse me erguer, teria lhe dado um murro. Apertei as mãos com força. O cretino falava sobre sua teoria com uma faceirice escandalosa. Então seria esse meu destino! Ficar pa-

ralisado numa cama de hospital, à mercê da metafísica rasta-
qüera desses demiurgos provincianos!

Recolhi meus exames, apoiei-me nas muletas. Eu ainda tinha um resto de dignidade e enquanto pudesse escrever ao computador teria de onde tirar sustento.

Eis como acabei confinado.

Ontem Bebé, minha editora — de quem só se falará aqui com palavras muito lisonjeiras —, ligou para me oferecer uma tradução. Foi tão gentil ao saber de meu quadro que me ofereceu a oportunidade de escolher meu próximo trabalho: a autobiografia de uma estrela decadente e quase esquecida do cinema norte-americano, ou um livro sobre os combates finais da Segunda Guerra Mundial. Preferi, evidentemente, a autobiografia da estrela arruinada. Um caso de empatia, eu disse a ela. Ouvi sua risada saudável crepitar do outro lado da linha.

Esta manhã, as dores lancinantes na minha perna esquerda quase desapareceram. Seria melhor dizer que cederam, uma vez que perdi completamente a sensibilidade do joelho para baixo. A verdade é que eu já não sentia desespero algum. Eu não tinha causa alguma a defender, morava numa cidade que em muito a mim se assemelhava. Eu tinha me tornado um fantasma, uma assombração a arrastar muletas, em vez de correntes. Se me desse ao trabalho de ir até a janela neste momento, na certa veria passar uma daquelas bolas de mato seco que rolavam nas ruas empoeiradas dos velhos faroestes americanos. Preferia contar as sardas em meu braço. Após horas de observação, ao longo de tantos dias, havia desenvolvido um método seguro para contabilizá-las. Enfrentava maiores dificuldades com o antebraço, pois ali muitas se compactavam em formações esdrúxulas. Em três contagens consecutivas eu alcançara o mesmo número: 367. Tal certeza talvez servisse para me tranqüilizar perante o fato de que havia perdido de vez meia perna. Começara minha metamorfose em alma penada antes mesmo de minha morte. Uma cadeira de rodas, ainda dobrada, esperava-me no quarto, ao lado da cama. O som do tráfego na avenida, tormento de meus idos dias, já não troava. Quem sabe fosse o fim chegando? Quem sabe uma autoridade universal, especializada em atestar o óbito dos vilarejos, finalmente tivesse se manifestado?

Ouvi cinco batidas fortes à porta.

Eu não esperava ninguém.

Mais cinco batidas se fizeram ouvir.

Pensei em pegar as muletas.

Cinco batidas renovadas, e nenhum anúncio. Por que não tocava a campainha?

— Quem é? — perguntei.

Então houve silêncio.

— Quem está aí? — insisti.

Nenhuma resposta. Fiquei onde estava. Poderia ser o zelador, algum vizinho. Que fosse embora! Foi quando soaram cinco novas batidas. Deveria ter comprado aquela calibre 12, pensei. Alguém prestes a se tornar um inválido precisa de uma arma.

— Vá embora! — gritei.

Após cerca de um minuto, as cinco batidas se repetiram. Pensei em ligar para a polícia, mas senti um antecansaço em imaginar a conversa que teria com o atendente do 190.

Com dificuldade, ergui-me da poltrona e peguei as muletas. Vagarosamente me arrastei até a porta, espiei pelo olho mágico. Um tipo que não consegui precisar se homem ou mulher olhava de modo fixo para mim. Estava vestido com uma camisa vermelha vibrante, calças e chapéu pretos. Tinha os cabelos compridos e qualquer idade entre quarenta e cinqüenta anos. Escutei novamente as batidas, mas a figura parada em frente à porta não fizera um movimento sequer.

Cláudia poderia estar certa quanto à necessidade de um psiquiatra.

A figura no corredor esboçou um leve sorriso, e seu rosto pareceu se iluminar. Era como se um auxiliar de fotógrafo, fora do alcance do olho mágico, direcionasse um rebatedor para a face do estranho, enchendo-a de um brilho metálico. Aquilo era demais! Resolvi voltar ao meu lugar.

Após um breve instante, um envelope deslizou para dentro sobre o assoalho. O papel era do mesmo vermelho vibrante de sua camisa. Levou uma hora antes que eu resolvesse ver do que se tratava. Eu tinha esperança de que aquele envelope desaparecesse, assim como as batidas haviam cessado.

Percebi que era mais fácil me arrastar sobre o chão coberto de pó do que seguir toda a burocracia das muletas, que dirá ir ao quarto e abrir a cadeira de rodas. Ninguém ia ver a cena. Rastejei até a porta e me encostei contra ela para ler. Rompi o lacre de cera e puxei uma folha que parecia feita de uma estranha fibra vegetal. Era uma caligrafia clássica, semelhante à que se usa para convidar aos casamentos chiques.

Caro Tradutor,

Acreditamos que já percebestes o que vos sucedeu, aquilo que vos tornastes. Vossa doença nada mais é do que um raro caso de percepção antecipada do que em breve ocorrerá a todos os vossos conterrâneos. Por infortúnio, somos obrigados a dizer-vos que sois o único caso doloroso em todo o processo. Os outros habitantes da cidade transformar-se-ão em fantasmas, sem o saber. Para eles, a vida continuará igual e pacata; acreditarão para sempre que continuam vivos nessa mesma aldeia que agora alacremente habitam. Vossa desgraça — e isso se dá por uma deficiência que ainda não conseguimos resolver de modo satisfatório — é que percebeis em vosso corpo a referida mudança de estatuto antes da hora, enquanto os que estão vivos ainda não passaram ao mundo dos mortos.

De tempos em tempos, uma cidade inteira acaba por ocupar um espaço que alguns chamam equivocadamente de limbo. A razão para tal ocorrência é bastante complexa, e não poucas fórmulas foram testadas para solucionar a questão. Lamentamos, todavia, informar-vos de que vossa cidade encontra-se nessa condição e que se permanecerdes aqui vossa paralisia será eterna.

Contudo, esta não tem como objetivo apenas assustar-vos, mas, outrossim, oferecer-vos uma oportunidade. Queremos que traduzais um novo parágrafo recentemente acrescentado ao mais importante documento de que dispomos. Garantimos que não vos arrependereis.

Acreditamos, no entanto, que deveis, a esta altura, estar preocupado com vossa paga, enganamo-nos? Conhecemos, de longa data, a natureza humana. Como recompensa, devolver-vos-emos ao mundo dos vivos. Oferecer-vos-emos a chance de *uma vida nova, de um começo fresco.* Como prova de nossa imensa generosidade, far-vos-emos, mediante a entrega da tradução, três cortesias: Deixaremos que escolhais um objeto qualquer para levar desta cidade (antes que ela se desintegre), providenciaremos para que recebais algum dinheiro para as primeiras despesas e eliminaremos todos os traços de vossa paralisia. É nossa única e final oferta. Assim que terminardes vosso trabalho, a cidade deixará de existir. Bastará que olheis pela janela, imediatamente após retornar o envelope por debaixo da porta, e vereis tudo mudado.

Não obstante, é mister advertir-vos de que deveis preparar-vos para o fato de que jamais revereis alguém que esteja aqui neste momento. Será como se este lugar jamais tivesse existido. Entendemos que a essa altura podereis perguntar se as pessoas que saíram daqui também serão aniquiladas. A resposta é negativa, pois isso nos seria assaz trabalhoso, exigiria perigosas intervenções simultâneas, em diversas partes do mundo. Acabaríamos falhando em um dos elos da cadeia das relações pessoais. É-nos mais oportuno alterar-lhes levemente a memória. Uma vez que o vivido não passa de recordação, e por esse motivo mesmo de matéria maleável, a questão fundamental é justificar-lhes como se encontram no local em que estão naquele exato momento, o que é menos complexo do que parece. Modificamos sempre com parcimônia, evitando tocar em gostos, manias ou outras particularidades. O que precisamos realmente eliminar são os parentes, amantes, amigos e inimigos que ainda vivem no local que será banido.

Sem mais para o momento, pedimos-vos a gentileza de conferir, no verso, o texto que devereis nos entregar. Comunicai ao mensageiro sobre vossa decisão.

Saudações cordiais,
Um amigo.

Examinei com cuidado o verso da folha e os poucos caracteres manuscritos que a cobriam. Pareciam rabiscos feitos por uma criança. Eu não conhecia aquelas letras, nem pude descobrir como estavam ordenadas, mas, por alguma razão que eu não podia determinar, acreditava ter condições de fazer o que me propunham.

Aquilo tudo me parecia absurdo, mas eu estava cansado. Voltei a olhar para o papel, escutei um ruído estranho. Soaram mais cinco pancadas. Voltei meu rosto para o lado, roçando de leve o marco da porta. Por entre a fresta, disse:

— Aceito!

Alguém que permite que lhe enfiem agulhas ao longo dos músculos do corpo está preparado para aceitar qualquer coisa.

Eu aguardava em silêncio o momento em que tudo iria se desfazer. Era hora de pôr à prova a carta de meu *amigo*. Sim, e agora? Terminei sua maldita tradução! O que devo ainda esperar? Já passei o envelope conforme indicado nas instruções.

Vou devagar até a janela e tudo me parece igual lá fora, os mesmos prédios cinzentos, as mesmas pessoas, os carros se movendo com o mesmo automatismo. Alguns papeleiros passam numa carroça, revirando todos os sacos de lixo junto à calçada. Vão deixando um rastro de sujeira que os pombos logo atacam. Tenho vontade de gritar, mas sinto vergonha. Volto a me sentar.

Permaneço em minha poltrona por mais uma hora. Tento contar minhas sardas, mas já não encontro qualquer alívio nisso. Penso em Cláudia, no fato de que ela nunca terá me conhecido. Ela estará em Denver. Será que a pequena alteração na sua memória, a fim de eliminar a cidade fantasma, não eliminará ou alterará seus gostos, suas preferências? Olho para alguns dos discos que ela deixou aqui. Anoto os nomes mentalmente. Eu irei encontrá-la. Se houver novo mundo, esta será minha missão. Já não tenho dúvidas sobre o objeto que levarei.

Com dificuldade, me arrasto até o armário onde está a câmera, pego a fita. Aproveito o apoio das muletas e me dirijo até a porta. Resolvo agir. Havia muito tempo eu não saía do apartamento. Sigo até o elevador. Vamos, cumpram sua parte. Esqueço de ver se o envelope ainda está na soleira da minha porta. Entro com dificuldade. Aperto o botão em que um dia um T branco esteve gravado. Tudo continua igual. Alguns instantes depois, estou no térreo. A luz da rua é uma mancha clara e difusa, espalhada pelos azulejos das paredes. Os golpes das muletas contra o piso ecoam como pancadas de um tambor de guerra. Nada havia mudado! A última emboscada dos charlatães. Seguro a maçaneta da porta do prédio.

De imediato, ao olhar para fora, noto que o calçamento se alterou: as pedras de um laranja gasto agora eram cinza-chumbo. Uma árvore esquálida — onde antes havia um poste — projeta seus galhos nus em minha direção. Minhas pernas começam a doer terrivelmente. Já não reconheço nada. Na esquina, a placa do cruzamento traz nomes de ruas que não lembro de ter trafegado. É a loucura, decerto. Vejo fachadas estranhas. Sinto que vou desmaiar. Em desespero, ataco o primeiro pedestre, um senhor na casa dos sessenta. Agarro com força seu braço.

— Que cidade é esta? — pergunto.
— Como?
— Esta cidade em que estamos! Como se chama?

Ele me olha assustado. Percebo seu esforço para se libertar de minhas mãos.

— Ora, vamos, me solte — ele diz.
— Preciso saber! Diga o nome da cidade!
— Me solte, rapaz! Você está louco!
— Essa não é Porto Alegre!
— Porto Alegre? Do que você está falando? Nunca houve Porto Alegre.

A moça

A moça estendida sobre o gramado. As flores do vestido misturadas à relva. O sol alimentando as cores da tarde, regando-as com luz invencível. E então a perna branca liberta do tecido, a pele jovem e lisa, e as flores do vestido que me lembravam de outras flores agora perdidas. Por um instante pensei que fossem as flores do canteiro de minha avó, junto ao assoalho da antiga varanda.

A moça era uma perna e aquele vestido. Escondia o rosto com o braço, os cabelos esparramados no solo. Um cachorro andava em círculos ao redor de seu corpo, protegendo-a até mesmo dos inimigos mais dissimulados. A multidão de crianças terrosas que se lançava ao chafariz no meio do parque me impedia de ter certeza do paradeiro das flores que o vestido da moça evocava. Talvez o maço de flores campestres que comprei por engano para minha primeira namorada, quando eu ainda não conhecia o uso das rosas.

A moça surpreendida por uma bolada. Pai e filho completamente incapazes de trocar dois passes. Ela se mexeu, descolando o vestido da grama, recortando seu corpo do cenário, a carne sadia dando forma às flores, ajudando-me a localizar a similitude perdida. Eram as flores que no carnaval Mariana trazia misturadas aos cabelos.

A moça se ergueu e seus pés tocaram o saibro que limitava o verde, depois o calçamento gris que tolhia o saibro, alheia às desculpas que derramava o pai do menino. O cachorro a seguiu, mantendo certa distância. Ela se aproximou de mim. De perto, percebi que lhe enfeitavam o pano margaridas estampadas. Tudo se esclareceu. A conexão se fez. Finalmente eu sabia que flores eram aquelas. Não as de minha avó, não as de meu equívoco juvenil, não as de Mariana. Eram as que cresciam selvagens, brancas e faceiras, raramente aparadas pelo jardineiro que cuida das lápides do cemitério.

A caminho de Damasco

Para J. H. Dacanal.

Diz a lenda que Saulo (depois Paulo) caiu de sua montaria a caminho de Damasco. Envergonhado de tombar em frente a tantos gaiatos — e ao perceber de que nada adiantaria ficar estendido no chão —, Paulo (ainda Saulo) fingiu-se de cego. Com o passar dos dias, a artimanha se mostrou cada vez mais inconveniente, obrigando o promissor artista a antecipar a mudança de nome e o anúncio de sua conversão ao Nosso Senhor, programados inicialmente para a edição romana de suas Epístolas Completas.

A caminho de Damasco

No topo do mundo

No topo do mundo, ele sabia, teria finalmente o pedacinho de solidão que tanto almejara. Respirava com dificuldade, as botas pesavam duas bigornas.

Foi quando avistou um monte que parecia um acento circunflexo na paisagem, uns poucos metros mais alto do que aquele que agora conquistava. Uma sensação insuportável tomou conta de todo seu ser.

Ele morria, cercado por familiares e amigos e empregados e altas autoridades governamentais, numa cama, que ele, em delírio, percebera inútil conquistar.

A *função* da crítica literária nos países subdesenvolvidos

Ela suada no ônibus, não falarei de mim. As finas dobras do seu pescoço, território preferido de meus lábios em tantas ocasiões imaginárias, agora se atualizavam encharcadas de suor. Eu tentava escrever, entre sacolejos e solavancos, um maldito conto para uma coletânea de jovens escritores, e não me pareceu nenhum crime lembrar que já não era esse o meu caso. Ela olhou para a folha suja, coberta dos garranchos levemente borrados pelo contato da minha mão esquerda, que dispersava o grafite e nublava a brancura do caderno de papel almaço.

— Sabe — ela disse, com um sorriso imaculado —, você tem a letra mais feia que eu já vi.

— Trabalho arduamente nesse sentido, querida. Consegue entender alguma coisa?

— Não, mas nem precisa. Deve ser algo sobre sexo e frustração, como tudo o que você escreve.

— Como assim?

— Esqueça, não era uma crítica, apenas uma constatação.

— Como assim? Que papo é esse de que só escrevo sobre sexo? E ainda mais frustrado?

— E não é?

Um jogo do ônibus lançou uma mulher já gasta e sua bolsa nas mesmas condições sobre meu colo. O suor dela era velho e azedo, de uma consistência mais pastosa que líquida. Pediu-me desculpas, não tinha os dois incisivos centrais. Ela achou graça e me sorriu seus dentões cintilantes, apagando um pouco a azia daquele comentário indigesto. Ora, uma coisa era ser atacado por um crítico mantenedor de três ou quatro blogues somente localizáveis com a ajuda do Google; outra, pela mulher que vai te ver nu e desprevenido enquanto dorme. Mas que diabo! E, além disso, eu cruzara quatro fronteiras para encontrá-la. Teríamos apenas um fim de semana juntos.

A velha se ergueu com dificuldade. Três bancos à frente havia um lugar vazio, mas, por alguma razão inaparente, ela preferia ficar de pé no corredor, bem junto a mim.

— Achei que você gostasse dos meus textos — prossegui, certo de dobrá-la.

— Gosto, mas, sabe, muitas vezes é cansativa essa sua insistência... Além do mais, é sempre a mesma cidade opressiva, esmagando os personagens. E suas mulheres são sempre iguais, sempre vítimas de um certo tipo de violência. Olhe só, anotei nesse papelzinho as situações que ocorrem ao longo dos teus contos.

Ela me passou uma pequena folha de caderno dobrada. Apertei um pouco os olhos para enxergar.

5 agressões físicas, incluindo 1 assassinato.

14 situações de constrangimento sexual.

24 agressões verbais e intimidações variadas.

87 agressões implícitas.

Fui obrigado a rir.

— Por que elas nunca podem simplesmente gostar de sexo como uma mortal qualquer? — ela seguiu, enquanto eu guardava o papel no bolso.

Um pedaço de céu e mar subitamente foi emoldurado pela janela, um cenário recortado com tamanha perfeição e capaz de agradar tão facilmente aos sentidos que não pude deixar de pensar no tom ordinário das paisagens das aquarelas amadoras que se exibem nas pequenas feiras. Guardei sua mão na minha.

— Gostar de sexo como qualquer mortal? — perguntei.
— Sim.
— Como você, por exemplo?
— Como eu.

Em silêncio nos olhamos. O braço dela roçou o meu, deixou-se ficar. A viscosidade do convívio indiscriminado desse contato me despertou a firmeza entre as pernas. A barriga dela estava à vista, uma lisura dourada que me remetia ao couro de algum animal das savanas.

Ela emitiu um leve gemido, contraindo o rosto. Seu *short* bege começou a destilar pequenas gotas de um modo quase imperceptível. Logo os pontos se uniram em uma mancha, que foi se espalhando, crescendo e se alastrando até empapar o tecido e vazar para o banco. Era uma tinta que se derramava, escorrendo num fluxo intermitente até o chão.

O brilho do sol, amplificado e espelhado ao tocar a umidade, ofuscou-me a visão. De olhos fechados, senti que alguém me olhava. A mulher gasta com sua bolsa nas mesmas condições. E então tive medo de encará-la, pois eu sabia, de uma forma ou de outra eu sabia, que nós éramos cúmplices.

A herança

Sinto diminuir a pressão sobre mim. Depois de oito horas, ela sentava, cansada de tantos sorrisos forjados, do assédio brutal de todos aqueles quitandeiros que haviam vencido na vida.

Um dia, ela também tinha sentido o sabor da vitória. Em Milão, Nova Iorque, São Paulo, antes de ser velha, mãe de sua filha, promotora de vendas em feiras de subúrbio.

Mas não faz mal, ela diz, imaginando o primeiro desfile da menina. Não há melhor carreira que a de modelo, pensa, e sinto, novamente, todo o peso de seus calcanhares.

A grande virtude dos sapatos é não gerar herdeiros.

Anita não usa silicone

Quando foi que passamos a ser tolerantes, Anita? Até bem pouco tempo atrás eu tiraria a mão de onde escaldas e pegaria o maldito controle remoto para mudar de canal. Agora, não. Desde não sei quando, ficamos apenas deitados, a nos acariciar, sem desejo, pratos depois do almoço, lambuzados e inertes, longe da água da torneira, postos vinte e quatro horas como nas mesas da colônia, aceitando o som que sai da televisão. Gostava da tua revolta, da tua ira, Anita, nas primeiras vezes que esses caras tinham ocupado a tela, o modo como desprezavas o rock gritado com sotaque do Bom Fim, uma bobagem qualquer sobre amor, um nome genérico de garota para dar credibilidade, de como mijavas em mim e me dizia "o mijo é sobre o amor, não esse nojo que eles fazem", nossa febre, aquele dezembro que passei em teu corpo, Anita, torcendo para que a tevê não deixasse nunca de exibir a bandinha que te punha louca. Ora tu pedindo para eu aumentar o volume (e assim tua raiva), ora pedindo qualquer canal (e um pouco de paz). Agora renegavas a tudo entediada, rosto enterrado em meu sovaco, peitos macios em minhas costelas, a mim soldada em meio ao universo deste colchão e seus lençóis. No pernicioso calor de fevereiro, no antedilúvio represado das duas semanas sem chuva, toda tua ex-revolta havia se convertido em não mais que um sussurro, "desde quando esses otários usam ternos?". "Que importa? Fazem música para crianças de oito a doze anos como aqueles jogos de armar. O Inmetro só não rebaixa a faixa etária por medo de que os bebês engulam as pecinhas." Ela se mexeu um pouco, passou os cabelos molhados na minha cara, e foi como acender incenso para meu nariz, uma fumaça quente e sinuosa. "Vamos ficar deitados aqui até março, tá?", ela disse, aconchegando-se. "Parece uma boa idéia", ele respondeu, "mas e o que faremos com a tevê?" Anita resmungou: "já não me importa o que passa na tevê. Se quiserem dar um *looping* nesses palhaços, tudo bem..." E grudou novamente nele, enlaçando-o com suas coxas, impondo-lhe o pequeno caos aglomerado de seus pêlos. Ela era nova e sabia das coisas; talvez fosse hora de ele também aprender. Ao pensar nisso, pela primeira vez percebeu não ser tolerância o que Anita desenvolvera em relação à música vagabunda que enfim terminara. Ela apenas aceitava sua existência como aceitava que houvesse cortinas, jornais e bebidas vagabundas. Dos alto-falantes veio um novo cuspe. Peguei a orelha de Anita e a apertei entre os dedos, legitimamente espantado por encontrar ali tantas curvas. "Que foi", ela perguntou, "nunca viu uma orelha?" "Assim será nossa maravilha, Anita". Voltou-me os olhos conturbados por minha resposta aparentemente sem sentido, suas pestanas se erguendo altas e imensas: áureo capinzal. Mas eu ainda não estava louco, não completamente, creio; não a ponto de ignorar o que eu quisera dizer com aquelas palavras. O que fiz foi antecipar uma sentença que viria na seqüência do tempo. Cercados pelas promessas vigaristas das guitarras e do refrão estúpido, tínhamos encontrado uma escapatória: a cama ocupada na íntegra, até os dias de calor se extinguirem. Com um pouquinho de sorte, chegaríamos não só a março, mas quem sabe a abril. Depois, a mídia nos daria outra banda ordinária como sói fazer: livre de remordimentos. O despertar da consciência por si só não basta, eu sabia, embora Anita ainda não. Levo meus dedos até vossos olhos e vos cerro as pálpebras. Tereis todo o outono para aprender, haverá tempo então para o amor, para além das páginas desse livro.

INFORMAÇÕES SOBRE NOSSAS PUBLICAÇÕES
E ÚLTIMOS LANÇAMENTOS

Visite nosso site:
www.novoseculo.com.br

NOVO SÉCULO EDITORA
Rua Aurora Soares Barbosa, 405
Vila Campesina — Osasco/SP
CEP 06023-010
Tel.: (11) 3699-7107
Fax: (11) 3699-7323

e-mail: atendimento@novoseculo.com.br

Ficha Técnica	
Formato	14x21 cm
Mancha	10,2x18 cm
Tipologia	GoudyOld BT
Corpo	12
Entrelinha	16
Total de páginas	128